Pas permis

Aza mandehandeha

Annick de Comarmond

Pas permis

Aza mandehandeha

NOUVELLES

© 2022, Annick de Comarmond

Édition : BoD – Books on Demand,
12/14 rond-point des Champs-Élysées, 75008 Paris
Impression : BoD - Books on Demand, Norderstedt,
Allemagne

Illustrations : Marie-Charlotte Hahn

ISBN : 978-2-3224-0879-5
Dépôt légal : Février 2022

à Danièle H-G., ma première lectrice !

Avant-propos

Toujours dans la même optique que « Un, deux, carotte, navet », j'ai voulu rire et faire rire avec des histoires du quotidien et, comme dans cet ouvrage, ce sont souvent – mais pas exclusivement – des histoires d'incompréhension entre Malgaches et Vazaha. Évidemment, en tant qu'étrangère dans ce pays, je suis témoin ou actrice de ces anecdotes. Presque zanatany pourtant, depuis tant d'années à Madagascar, je me laisse encore surprendre et, à coup sûr, je surprends.

Cherchant un titre qui parle aux Malgaches comme aux Français pour ces instantanés (car il s'agit presque toujours de moments « pris sur le vif ») ; une comptine malgache m'est revenue :

Un, deux, trois, c'est gai,
Et quatre, et cinq, et six, c'est gai
O Randria Maola (ô Randria l'excentrique)
Maola Firantsa (folle France)
Aza mandehandeha (*n'y allez pas*)
Pas permis
Pi pan do
La re mi ré mi ré do

L'origine de cette comptine s'est perdue dans la nuit des temps. Et la traduction avancée reste énigmatique. Il y a bien une explication proposée sur un site Internet : « c'est gai » n'aurait aucun rapport avec la gaieté mais renverrait à « guet », Randria, soldat de la première guerre mondiale, essayant de sortir du camp malgré l'interdiction, en était mort (et Moala serait en fait une déformation de « mort »).

Je ne suis pas convaincue par cette explication ; gardons l'idée de gaité que le peuple lui a donné, gardons l'idée d'une France un peu folle que lui attribue l'adjectif *maola* !

Après avoir pensé à appeler ce recueil de nouvelles « Un, deux, trois, c'est gai », j'ai finalement opté pour **Aza mandehandeha, Pas permis !** qui m'a semblé bien choisi car c'est le même interdit répété en malgache puis en français, de manière pourtant différente. Alors que je bavardais avec une amie malgache parfaitement bilingue, je lui fis remarquer l'utilisation qu'elle faisait parfois de mots français dans une phrase en malgache. Elle réfléchit et me répondit :

- Oui, il ne s'agit pas d'un manque de vocabulaire dans notre langue ; c'est la plupart du temps l'utilisation d'un mot ou d'une expression qui va prendre toute sa force si on l'exprime en français ou encore cela peut être une répétition de ce que l'on vient de dire en malgache afin de souligner l'idée exprimée.

Dans cette comptine « Pas permis » souligne l'interdiction « Aza mandehandeha » « *N'y allez pas* » et prend une connotation amusante dans un contexte où il est question de gaieté, de Français fous dans le sens excentrique du terme. Le « pas permis » faisait peut-être, du temps de la colonisation, référence à tout un fatras d'interdits dont les Malgaches ne voyaient pas l'intérêt.

Aujourd'hui, en relisant les anecdotes que j'ai recueillies, il me semble que ce Pas permis pourrait être le titre de chacune d'entre elles, ponctué de points d'exclamation pour souligner le rire qui devrait découler de cette interdiction : pas permis de faire confiance à un écrivain public, pas permis de ravager un jardin pour chercher un squelette de dinosaure, pas permis de vouloir imiter à tout prix le vazaha, pas permis de construire un bateau dans les conditions que vous découvrirez...

Pas permis et pourtant cela a été fait, cela est arrivé ! Quelquefois j'ai forcé le trait pour amuser, ou imaginé les pensées des uns et des autres mais je vous garantis, comme dans « Un, deux, carotte, navet », l'authenticité des anecdotes contées ici !

à Fred et Jean-Paul

Comme Monsieur et Madame

Monsieur et Madame possédaient une propriété à Nosy Be, au bord de la plage. Ils habitaient Tana mais s'y rendaient chaque fois qu'ils avaient des vacances ou un long week-end devant eux. Pratiquement tous les jours un vol qui partait de Tana desservait l'île le matin. Ils arrivaient vers 10 heures à l'aéroport : un taxi qu'ils connaissaient bien venait les chercher et les déposait chez eux une heure plus tard.

Ils avaient à leur service un couple originaire de Hellville, la capitale de l'île. Lui se nommait Ralibert et était jardinier. Elle - Ravoavy - était cuisinière. Ils avaient été engagés huit ans auparavant et leur donnaient entière satisfaction. En leur absence ils avaient pour mission de garder la maison, de faire la poussière, d'entretenir le jardin dont les plantes poussaient à une vitesse incroyable et surtout de s'occuper des oies.

En effet, quelques années auparavant, Madame avait acheté sur le marché trois oisons maigrichons qui paraissaient être sur le point d'expirer. Elle les avait soignés, engraissés, cajolés et ils étaient devenus deux jars dodus et une oie grasse à souhait. Elle les avait appelées Yvan, Ilitch et Oulianoff. Totalement apprivoisées, elles quémandaient des caresses, cacardaient à perdre haleine, auraient suivi Madame en enfer si elle y était allée. Cependant bien qu'elles fussent grassement nourries, les trois oies auraient réduit le jardin à l'état de désert si on les y avait laissées. Elles ne pouvaient s'empêcher d'arracher l'herbe, de casser les tiges des fleurs, de creuser le sol de leur bec.

Elles avaient donc, à l'arrière de la maison, un large enclos et un bassin à leur disposition. Ce n'était qu'au moment du déjeuner, lorsque Monsieur et Madame étaient là qu'elles étaient lâchées dans le jardin devant la maison. Trop contentes de retrouver leurs maitres qui leur lançaient quelques morceaux de pain et leur gratouillaient le cou, elles ne songeaient pas, dans ces moments-là, à ravager les plantes.

Monsieur et Madame aimaient particu-lièrement leur jardin envahi de fleurs tropicales au milieu desquelles voletaient des oiseaux multicolores. Dès qu'ils arrivaient chez eux, généralement vers 11 heures du matin, ils demandaient à Ralibert et Ravoavy de sortir la table rangée le reste du temps dans la remise à l'abri du vent et des embruns et la faisaient installer au milieu de cet écrin paradisiaque. Puis ils faisaient déplier le grand parasol de toile écrue qui était planté près de la table ronde. Enfin le couvert était mis, toujours avec de belles assiettes. Madame avait le souci du détail et possédait tout un bahut rempli de vaisselle. Il y en avait pour toutes les circonstances : des assiettes blanches et rondes toutes simples, des rouges, des noires, des carrées bleu pâle. Presque systématiquement il y avait une nappe ou des sets de table qui convenaient à chaque sorte d'assiette.

Ralibert, lorsque sa femme avait fini de dresser le couvert, allait toujours couper une jolie fleur du jardin qu'il disposait dans un petit vase en bambou au milieu de la table.

Malgré le parasol, le soleil était la plupart du temps aveuglant et Monsieur mettait ses lunettes noires et son chapeau de paille tandis que Madame arborait sa capeline blanche aux larges bords. Ils s'asseyaient donc devant leur assiette respective et c'est à ce moment-là que Yvan, Ilitch et Oulianoff étaient lâchés.

Monsieur et Madame, on l'a compris, avaient des habitudes et s'y tenaient. Ainsi ils prévenaient toujours de leur arrivée en appelant Ravoavy sur son portable la veille. Air Madagascar étant une compagnie assez capricieuse, ils faisaient de même au retour, juste avant d'embarquer dans l'avion car il était arrivé plusieurs fois que le vol soit retardé ou même reporté au lendemain ce qui évidemment les obligeait à revenir chez eux.

Marie-Charlotte Hain

Lors d'un week-end de Pâques Monsieur et Madame vinrent à Nosy Be passer trois jours durant lesquels ils profitèrent de leur jardin et de leurs oies. Lorsque qu'ils partirent – pourtant un jour de soleil radieux – ils apprirent, arrivés à l'aéroport, que le vol était annulé. Ils tentèrent de prévenir Ralibert mais ce dernier avait oublié de recharger son portable. Cela leur parut sans importance. Ils reprirent donc leur taxi en sens inverse et se firent déposer à l'orée du chemin, continuant à pied les quelques mètres qui les séparaient du portail graissé de la veille et donc silencieux.

Un buisson d'allamandas leur cacha tout d'abord le jardin. Mais lorsqu'ils le contournèrent quelle ne fut pas leur stupéfaction : Ralibert et Ravoavy déjeunaient, paisiblement installés à table sous le parasol écru, leur repas servi dans des assiettes dont le bleu lavande ressortait sur le bleu foncé de la nappe. Après tout, qu'ils déjeunent dans le jardin en leur absence ne posait pas de problème à Monsieur et Madame, mais ce qui était surprenant c'était la recherche maniaque de tous les détails qui permettaient à Ralibert et Ravoavy de s'identifier à eux. Ainsi Ralibert avait-il emprunté le chapeau de paille de Monsieur et chaussé une paire de lunettes de soleil tandis que Ravoavy portait fièrement la capeline blanche de Madame.

Une jolie fleur jaune jaillissait du petit vase en bambou, si bien que l'espace de quelques secondes Monsieur et Madame crurent à une hallucination, ayant devant eux une sorte de miroir réfléchissant

À ce moment-là des cacardements les ramenèrent à la réalité et ils virent Ivan, Ilitch et Oulianoff qui rodaient autour de la table en espérant profiter de quelques miettes. Stupéfaits mais hilares, ils comprirent alors que les oies étaient la touche finale qui permettait au jardinier et à la cuisinière d'entrer véritablement dans la peau du patron et de la patronne.

Disons...

Boto ne savait ni lire ni écrire ; sa mère avait voulu l'envoyer à l'école lorsqu'il était petit mais il n'y était pas resté longtemps. Son père avait besoin de lui ; il venait d'ouvrir une petite épicerie à Hellville et ça marchait assez bien. Boto allait acheter les marchandises et gardait la boutique. Il avait su très vite reconnaitre les différents billets ; c'est ce qui était essentiel pour éviter de se faire voler. Puis il avait appris à cuisiner et l'épicerie de son père comptait maintenant trois ou quatre tables à l'extérieur : les gens venaient manger les sambos, le poulet coco ou les crevettes à la créole qu'il préparait.

Boto avait à présent 25 ans ; il venait de rencontrer une fille de Majunga ; éperdument amoureux, il voulait quitter Nosy Be pour aller vivre avec elle là-bas mais il devait trouver un emploi. Pas facile aujourd'hui... Cependant la chance lui sourit. Voilà que son cousin débarqua un matin, tout excité :

- Salut Boto ! J'ai appris que tu voulais aller vivre à Majunga !

- Oui, je veux partir le plus rapidement possible. Ma fiancée est là-bas ; elle est coiffeuse ; elle m'attend. Mes beaux-parents nous donnent une petite maison qu'ils possèdent. Il ne me reste plus qu'à trouver du travail...

- C'est pour cela que je suis venu ! Tu sais que je travaille sur le bateau de Raalbert. Hier un vazaha a loué le bateau et je l'ai accompagné dans sa promenade. Il m'a dit qu'il allait s'installer à Majunga et qu'il cherchait quelqu'un pour faire ses courses et un peu de cuisine très simple. Ça t'intéresse ?

- Bien sûr que ça m'intéresse ! Je peux le rencontrer quand, ton vazaha ?

- Demain si tu veux. Au port ! Il repart pour la matinée sur le bateau.

Le lendemain, Boto arriva en avance au port de Hellville. Il appréhendait un peu l'entretien. Il n'avait pas eu l'occasion d'être en contact avec des vazaha et le bruit courrait que la plupart étaient bizarres et certains carrément insupportables. Mais tout se passa à merveille.

Le vazaha, un grand rouquin, avait l'air gentil ; ils s'assirent sur un coin de mur et tout se fit très vite.

Le salaire était excellent, les horaires de présence très convenables et le travail qu'on lui demandait paraissait facile : faire un peu de cuisine et les courses. Boto était enchanté.

Le vazaha le salua avec un grand sourire :

- Bon, je compte sur vous, je vous attends le mois prochain à Majunga. Vous irez me demander ici et il lui tendit une carte sur laquelle étaient inscrits son numéro de téléphone et son adresse. Ah, j'oubliais ! Bien entendu je compte sur votre honnêteté. Vous me remettrez d'ailleurs les tickets de vos courses lorsque c'est possible ; sinon vous écrirez sur un petit carnet toutes vos dépenses qu'il s'agisse d'une laitue ou d'un poisson...

- Oui, Patron, balbutia Boto.

Mais tandis que le vazaha s'éloignait, la bonne humeur de Boto s'évapora. « Écrire,écrire, écrire ! » se répétait-il. Il n'aurait pas cet emploi s'il révélait la vérité. Et comment la cacher ?

Son cousin, qui voulait savoir comment s'était passé l'entretien, n'était pas loin :

- Alors ? Ça a marché ? Il te prend ?

Boto lui confia le problème qui se posait. Le cousin se mit à rire :

- Quel problème ? il n'y en a aucun ! Tu es bien payé, alors tu vas chercher un écrivain public ; ça ne manque pas sur le marché à Majunga et moyennant quelques ariary il te remplira ton carnet !

- Mais oui ! je n'y pensais pas. Merci mon cousin ! Doublement merci ! Pour ton idée et pour le travail que j'ai obtenu grâce à toi.

Un mois plus tard, Boto était à Majunga et nageait dans le bonheur : tout se passait merveilleusement. Le vazaha était peu exigeant et son travail était donc agréable. Il avait trouvé, comme son cousin le lui avait suggéré, un écrivain qui remplissait chaque matin le carnet que le patron lui avait fourni.

Boto était honnête mais il avait néanmoins ses limites. Il lui paraissait tout à fait normal d'arrondir quelque peu le prix des marchandises qu'il achetait pour le vazaha. Il partait de l'idée que si c'était son patron lui-même qui avait fait ses achats, il aurait payé beaucoup plus. Il fallait bien subir quelques inconvénients quand on avait la peau blanche ! De plus, si le vazaha vérifiait les prix, il verrait bien que cela correspondrait au prix mentionné.

Ainsi chaque matin, après avoir fait ses courses, il allait voir l'écrivain public et à haute voix faisait ses comptes :

- J'ai acheté un poulet 8300 ariary, disons 9000, puis un kilo de pommes de terre 1350, disons 1500, et aussi trois ananas 1200 ariary, disons 1800, de l'huile 6500 disons 8000...

Pendant deux ou trois mois, tout alla bien. Le patron demanda une ou deux fois à voir le carnet mais n'y jeta qu'un coup d'œil distrait. Cependant un matin il voulut s'assurer du prix d'une bouteille de vin, non par méfiance envers Boto, mais pour renseigner un ami qui voulait en acheter.

Il prit donc le carnet dont pas mal de pages étaient remplies d'une fort belle écriture et ne comprit tout d'abord pas ce qu'il lut :

Un poulet : 8 300 ariary disons 9 000
Un kilo de pommes de terre : 1 350 ariary disons 1 500
etc.

Le tout présenté en colonnes bien alignées...

Puis une lueur éclaira son cerveau. Il appela Boto :

- Dites-moi, ce n'est pas vous qui écrivez, n'est-ce pas ?

Boto se dit qu'il valait mieux être franc. Après tout, l'essentiel était que le carnet soit rempli.

- Euh, non, Patron ; vous n'êtes pas fâché ? Je paye quelqu'un pour écrire parce que je ne sais pas trop bien...

- Non, non, je ne suis pas fâché du tout. Vous avez bien fait ! Ça me permet de savoir exactement combien vous me volez !

à Françoise

Adaptabilité

Françoise était épuisée. Depuis trois mois elle ne cessait de voyager : à partir de Madagascar où elle résidait depuis de nombreuses années, elle s'était rendue à la Réunion, en Afrique du Sud, en Italie puis en France. Elle avait accumulé les décalages horaires et les nuits fractionnées passées dans les fauteuils inconfortables de la classe économique des longs courriers.

Elle était arrivée à Marseille le matin du 31 décembre et avait décidé d'y rester jusqu'au 4 janvier. Elle logerait chez ses amis de longue date, Isabelle et Robert, qui l'accueillaient avec joie à chacun de ses passages dans le midi.

À peine avait-elle commencé à défaire sa valise dans la chambre d'amis, qu'Isabelle passa la tête par l'entrebâillement de la porte :

- Tout va bien ? Tu n'as besoin de rien ? Alors je te laisse. J'ai mille choses à faire pour ce soir !

- Ce soir ?

Isabelle s'esclaffa :

- Tu n'as quand même pas oublié que nous sommes le 31 décembre ! Nous serons une vingtaine et cette année ça se passe chez nous ! J'ai sorti tous les meubles sur la terrasse, le voisin m'a prêté plusieurs petits fauteuils, j'ai commandé chez le traiteur des petits fours…

Françoise n'écoutait plus, elle se maudissait d'avoir oublié, en effet, au milieu de toutes ses préoccupations qu'on était le dernier jour de l'année. Et lorsqu'elle avait eu Isabelle au téléphone, deux jours avant son arrivée à Marseille, elle ne lui avait donc pas demandé quels étaient leurs projets pour ce soir de fête. Manque de chance absolu, les réjouissances auraient lieu ici. Si elle avait su elle aurait caché son arrivée à Marseille à ses amis au moins pendant 24 heures et serait allée à l'hôtel.

Dormir une nuit entière dans un bon lit… Elle ne songeait qu'à cela. Bon ! Elle ferait l'effort de se joindre à tout le monde une partie de la soirée puis se retirerait discrètement dans sa chambre. L'après-midi, elle ne put même pas se reposer. Elle avait une course urgente à faire et à son retour elle se sentit obligée de donner un coup de main à Isabelle et Robert pour les préparatifs du soir.

Les premiers invités arrivèrent vers 21 heures 30. On but du champagne, on raconta des blagues et Françoise retrouva un peu d'entrain. Vers 23 heures cependant la fatigue la rattrapa et elle fit un gros effort pour attendre minuit, faire semblant de danser et entamer le compte à rebours qui la mènerait jusqu'à son lit.

Voilà, elle avait distribué des bises à tout le monde, deux fois à certains qu'elle ne connaissait pas, et elle s'éclipsa avec un soupir de soulagement. Elle ferma soigneusement la porte du couloir qui menait à sa chambre et la porte de la chambre elle-même qui était en bois massif. Curieusement elle eut l'impression que la musique avait traversé les murs ; elle n'y prêta pas trop attention en enfilant son pyjama et en se brossant les dents dans la salle de bain attenante mais, revenue dans la chambre, elle se rendit compte que ce n'était pas une impression : la musique provenait du mur auquel son lit était adossé. Elle réfléchit un moment et se rendit à l'évidence : le couloir faisait un angle droit ; quant au living il était en L et le mur du fond du plus grand côté du L, là où les gens dansaient, était aussi le mur de sa chambre.

Elle se précipita dans la salle de bain à la recherche de sa trousse de toilette avec un mauvais pressentiment … Oui, elle le savait, elle n'avait plus de boules Quies, n'en avait pas rachetées.

Elle disposa l'oreiller vers le pied du lit, changea les couvertures de sens. Rien à faire ; elle se boucha les oreilles comptant sur sa fatigue pour la précipiter dans le sommeil. Impossible. Elle disposa deux coussins contre ses oreilles. En vain.

Finalement elle alla dans la cuisine persuadée qu'Isabelle y ferait à un moment ou à un autre une apparition. Elle ne se trompait pas. Son amie y fit irruption un plateau à la main :

- Tu es déjà en pyjama ? Tu veux boire ou manger quelque chose...

- Non, non, je voulais te demander si tu n'avais pas des boules Quies, ou des Ears. J'ai besoin de dormir.

- Ah non, il n'y a rien de ce genre ici. Ni Robert, ni moi ne les supportons. D'ailleurs l'immeuble est tellement silencieux qu'on n'en a pas besoin. Je suis désolée, je ne peux guère demander aux invités de baisser la musique.

- Non, non, bien sûr, ne t'inquiète pas. C'était juste au cas où...Je vais m'endormir vite, malgré le bruit. Je te le répète, je suis épuisée.

- Eh bien, bonne nuit et à demain...

Isabelle repartit avec un plateau chargé de petits gâteaux et Françoise resta seule dans la cuisine. La musique était devenue insupportable et les basses qui scandaient la musique semblaient à Françoise les ultimes battements de son cœur qui protestait. Nul doute qu'il ne tarderait pas à s'arrêter définitivement.

Pourquoi n'avait-elle pas pensé à acheter des boules Quies ? Tandis qu'elle se le répétait amèrement son regard tomba sur deux pains tranchés disposés dans de jolies corbeilles en raphia. Une idée lui vint ; elle s'empara de deux tartines et regagna sa chambre. Là, elle malaxa longuement la mie du pain, en fit deux boules bien denses et se les introduisit dans les oreilles. Aussitôt, la musique recula. On l'entendait toujours, certes mais affaiblie et, à présent, elle était sûre qu'elle pourrait dormir. Elle rabattit la couette sur son visage, sourit et se félicita de sa débrouillardise. Elle remercia mentalement Madagascar qui lui avait appris à s'adapter aux situations les plus diverses : à remplacer un essuie-glace absent par une friction de tabac sur un pare-brise ; à transformer une cuillère en tournevis, à utiliser une fourchette comme clef de contact pour une 2CV, à peindre avec un balai... C'était le pays des adaptations et tout en faisant défiler les débrouillardises sans fin qu'elle avait pratiquées ou vu pratiquer à Madagascar, elle s'endormit.

Cependant une heure plus tard elle se réveilla : une douleur sourde se diffusait dans son oreille droite. Elle se tourna, se retourna, décida d'ignorer cette douleur mais n'y parvint pas. En réalité il lui sembla qu'elle s'amplifiait. Elle alluma sa lampe de chevet, attendit quelques instants puis comprit que la mie de pain était à l'origine du problème et se mit en devoir de l'ôter. Elle se rendit vite compte qu'il manquait un morceau de la boule bien lisse qu'elle avait enfoncée.

Les minutes passaient et la douleur cette fois était devenue intense ; elle retira délicatement l'autre bouchon d'oreille qui resta entier puis essaya, à l'aide d'une pince à épiler d'attraper le morceau resté au fond de l'oreille droite. Impossible.

Des larmes de souffrance perlaient au coin de ses yeux. Elle fut obligée d'aller voir Isabelle et de lui expliquer sa bêtise. Cette dernière tenta de récupérer au fond du conduit auditif de Françoise la mie de pain. En vain. Robert essaya également, sans plus de succès. Au contraire, il semblait que le morceau restant se soit enfoncé encore plus profondément car Francoise gémissait tant elle souffrait.

- Il faut aller aux urgences, décréta Isabelle. Françoise enfila un pantalon rapidement et demanda à ses amis de la laisser à l'hôpital. Je vous appellerai dès que cela sera fini mais rentrez chez vous. Vos amis vous attendent... Je suis persuadée que ce sera vite réglé. Ils doivent avoir des sortes d'aspirateurs...Ne vous inquiétez pas...

Françoise entra donc aux urgences de l'hôpital de la Timone de Marseille. Une foule impressionnante faisait la queue, une cour des miracles composée de quelques vieillards qui avaient sans doute fait des excès alimentaires et dont le visage était verdâtre, de plusieurs très jeunes gens qui, eux, avaient dû trop boire et étaient vautrés à terre, hagards. Il y avait aussi les accidentés de la route, dans un état plus ou moins grave, ainsi que les rescapés de bagarres nocturnes. Les infirmières allaient et venaient débordées, dans ce chaos indescriptible.

Une imposante infirmière d'un certain âge, probablement une infirmière en chef, s'approcha de Françoise. Elle sortait tout droit d'un film de Pagnol : large tour de poitrine et de hanches, accent de Marseille, voix tonitruante.

- Et vous, ma petite dame, qu'est-ce qui vous arrive ?

Françoise, peu soucieuse de se vanter publiquement de son idée qu'elle avait cru originale, dit à mi-voix :

- Euh, c'est-à-dire, euh, j'ai de la mie de pain dans l'oreille...

- De la quoi ? je n'entends pas ! Vous pouvez parler plus fort ?

- De la mie de pain...

- De la MIE DE PAIN ! tonitrua l'infirmière dont la voix était assortie à la carrure, ah oui ? Et vous pouvez me dire comment elle est là ?

- C'est-à-dire, comme je n'avais pas de boules Quiés...euh...

L'infirmière mit ses poings sur ses larges hanches et harangua la foule comme si elle allait vendre du poisson :

- Écoutez tous ! Elle est forte celle-là ! On nous l'avait encore pas faite ! Alors comme ça, il y en a qui se servent de mie de pain comme bouchons d'oreilles. Ah c'est malin ! Et ça vient nous rajouter encore un peu plus de travail un 31 décembre. De la mie de pain dans l'oreille ! Il va être content le docteur ! Bon, asseyez-vous là et attendez votre tour...

Humiliée, rouge pivoine, Françoise baissa la tête et rêva de jeter l'infirmière dans le port de Marseille avec un boulet attaché aux pieds.

Mais l'humiliation ne s'arrêta pas là. Elle fut reçue par un médecin assisté de trois internes. Le médecin ne se moqua pas contrairement à l'infirmière. Ce fut pire. Il l'installa, tel un cobaye qu'elle était devenue, sur une sorte de lit table, et fit doctement son cours aux internes qui prenaient des notes et approuvaient en chœur chaque parole du maître.

- Nous avons donc là une patiente âgée d'une cinquantaine d'années qui, en guise de bouchons d'oreilles a utilisé de la mie de pain. Quelqu'un peut me dire à quel danger elle s'est exposée ?

- La mie de pain a probablement gonflé dans le conduit auditif, dit un jeune homme.

- Il y a de la levure dans la mie de pain, ajouta une autre interne, bien renseignée.

- Excellent, approuva le maître. Qui peut me dire ce que cela a provoqué ?

Et le cours dura ainsi plus d'une demi-heure jusqu'à ce que le lavage de l'oreille fût terminé.

Françoise sortit des urgences en se jurant bien de ne plus utiliser désormais ses fameuses facultés d'adaptation acquises à Madagascar, facultés dont elle s'était toujours vantée.

à Perrine

Ils sont fous ces vazaha...

Isotry 7 h 06

- Ne rajoute plus rien, Hanitra ! C'est la troisième fois ! La charrette est plus que pleine et je ne parviendrai pas à la tirer !

- Nous n'allons quand même pas abandonner nos affaires !

- Surement pas mais vous porterez ce qui reste avec Tantely et Mihanta.

- Je t'assure que nous sommes déjà très chargés. Je porte Nivo à babena et Tantely n'a que 7 ans. On ne peut pas lui demander trop ! Je vais simplement mettre dans l'armoire l'horloge de la grand-mère que j'ai bien enveloppée dans la couverture.

Rajaona regarde le chargement et soupire. Sur une charrette à deux roues que lui a prêtée un copain est entassé tout son déménagement. Il y a une armoire en pin grossièrement assemblée, une table boiteuse du même bois, une chaise et trois tabourets branlants, ainsi que deux petits fauteuils dont les dossiers ont été sculptés. Ce ne sont pas des œuvres d'art. Ils viennent du père de

Rajaona mais les jolies sculptures leur donnent une allure de meubles indiens.

Le mobilier complet de la famille est là. Dans l'armoire, Hanitra, l'épouse de Rajaona a rangé des couvertures, trois matelas en mousse dont l'épaisseur n'excède pas 5 cm, des assiettes émaillées, quelques casseroles, une marmite, des bougies, les vêtements de toute la famille et une petite horloge qui appartenait à sa grand-mère.

La famille déménage et va s'installer à Talatavolonondry, juste après Ilafy. Rajaona a trouvé un travail là-bas ; il est ravi, en outre le loyer sera bien moins cher qu'à Isotry.

Rajaona vérifie les cordes qui maintiennent la pyramide des meubles entassés puis se place entre les brancards de la charrette et se met en route. Sa femme et ses enfants le rejoindront plus tard avec les dernières babioles qui restent, le fatapera, les sacs de riz et de charbon, les seaux, le balai...

Route d'Ilafy 11h22

Pauline conduit prudemment ; elle est arrivée à Antananarivo quelques jours auparavant et a repris la villa de son prédécesseur à Ilafy, un professeur du lycée français ; elle lui a également racheté sa voiture. Mais la maison est entièrement vide. Elle a pu se procurer en vitesse des matelas pour elle et ses enfants, une table et quatre chaises mais rien d'autre et elle ne sait plus où donner de la tête. Son mari est encore en France occupé à régler diverses formalités administratives. Il faut qu'elle prépare ses cours, apprivoise son nouveau lycée, fasse la connaissance de ses élèves, de ses collègues. Il faut qu'elle trouve une femme de ménage, une cuisinière. En même temps elle doit s'occuper de ses enfants, de leur entrée au collège et surtout de leur procurer au plus vite un environnement chaleureux.

Leur déménagement n'est pas encore arrivé mais il contient essentiellement des livres, les affaires des enfants, leurs vêtements. Elle n'a pas fait venir de meubles. Elle pense en acheter sur place mais pour le moment elle ne sait pas encore où elle peut se les procurer. Ni quand elle aura le temps. Le lycée n'est pas loin de la maison qu'elle a louée mais il y a perpétuellement des embouteillages causés par une voiture en panne, un minibus arrêté en plein milieu, une charrette à zébu ou encore, comme aujourd'hui une charrette à bras.

Elle soupire et s'adosse à son siège en songeant au courage de l'homme qui tire ce lourd chargement de meubles. Puis elle regarde avec attention le contenu de la charrette. Au sommet, en équilibre instable sur une vilaine armoire, deux petits fauteuils originaux attirent son attention.

La circulation est arrêtée depuis quelques minutes. Elle demande à son fils, Laurent, 10 ans, d'en profiter pour sortir de la voiture et aller s'enquérir du prix des fauteuils.

Pas une seconde elle ne peut imaginer que le chargement empilé devant elle constitue le mobilier complet d'une famille de cinq personnes, un couple et trois enfants dont un bébé.

Laurent va voir l'homme qui tire la charrette. Ce dernier parle un très mauvais français, ne comprend pas ce que veut ce gamin. « Acheter, acheter » répète ce dernier. « Ma mère ! ». Il lui montre la femme vazaha au volant de la belle voiture qui le suit.

- Acheter les fauteuils ! Combien ? répète Laurent, têtu.

Ces vazaha sont absolument inattendus. Rajaony réfléchit vite. Il a compris le mot « acheter » mais ne connait pas le mot fauteuil. Il pense que cette femme veut son chargement complet. Il trouve que c'est étrange mais rien ne peut le surprendre venant de vazaha. Il évalue le prix de son mobilier, de ses assiettes, de sa marmite, de sa table et de ses tabourets puis le multiplie par deux. Si cette femme est folle ça peut marcher. Il rachètera le tout, en plus beau, en plus neuf.

Laurent transmet la somme à sa mère qui a du mal avec les ariary et encore plus avec les francs malgaches que continue à utiliser un grand nombre de personnes. Elle tente de faire une conversion dans sa tête, parvient à un chiffre qui lui parait correct pour les deux fauteuils.

- Va vite dire à cet homme que je suis d'accord. Garons-nous sur le bas-côté et nous mettrons les deux fauteuils dans le coffre.

Laurent revient vite :

- Il dit qu'il demande où on habite ; il va les porter chez nous.

- Tu es sûr d'avoir compris ?

- Oui, oui et j'ai dit qu'on habitait tout près d'ici. Un piéton s'est arrêté et a traduit.

Pauline double la charrette et fait signe à l'homme de la suivre. Heureusement l'embouteillage lui permet de rouler au pas et la charrette suit sans difficulté.

Lorsqu'ils arrivent Pauline disparait un moment pour aller chercher son porte-monnaie. Quand elle revient l'homme a déchargé tout le contenu de sa charrette dans le jardin. Interloquée, Pauline pense qu'il doit refaire correctement sa pyramide et remettre les cordes pour que le chargement tienne. Elle paye l'homme, prend les deux petits fauteuils, les porte à l'intérieur de la maison et immédiatement commence à les dépoussiérer.

Route d'Ilafy 13 heures 05

Rajaony a fait demi-tour avec sa charrette vide. Il entre dans une épicerie et demande à téléphoner. C'est Hanitra qui a gardé le portable de la famille. Il lui fixe un rendez-vous sur la route. Elle ne comprend rien à ce changement de programme. Il lui dit qu'il lui expliquera...

Ilafy, maison de Pauline 14h20

Pauline cire les dossiers des deux petits fauteuils et sort d'une malle une longue écharpe aux couleurs rouge et or. Elle la coupe en deux morceaux qu'elle pose sur l'assise dont le tissu d'origine est terne et usé. Un capitonneur viendra achever correctement le travail mais ainsi métamorphosés les fauteuils réchauffent déjà la pièce vide.

Pauline sort dans son jardin pour aller y boire son café et ne comprend pas pourquoi le chargement du vendeur est toujours là : sur l'herbe, gisent mis à part l'armoire, des bassines, trois tabourets branlants, une vilaine table, deux soubiques pleines dont les bords ont été cousus. Ça ressemble à une décharge. Elle est en colère. Pourquoi le vendeur a-t-il laissé sa marchandise chez elle et combien de temps va-t-elle y rester ?

Par curiosité elle ouvre la porte de l'armoire couchée et voit au milieu des couvertures une horloge, le genre massif qui se faisait dans les années 30. Elle fait la grimace : « Que c'est laid ! ».

Route d'Ilafy 14 heures 06

- Tu as vendu toutes nos affaires ? toutes ? s'exclame Hanitra.

Rajaona est radieux :

- Oui, la femme vazaha m'a donné plus du double du prix de ce que nous possédions. On va tout simplement racheter une armoire neuve, une table plus jolie, des couvertures plus chaudes ! Tu te rends compte ! Ils sont fous, ces vazaha. On me l'a dit maintes fois mais aujourd'hui je peux constater que c'est vrai.

Hanitra le coupe :

- Et l'horloge de ma grand-mère ? Tu y as pensé ? Tu pouvais tout vendre mais pas l'horloge ! Tu sais à quel point j'y tenais !

- Mais tu n'as pas entendu la somme que la vazaha m'a donnée ?

- Ça m'est égal, je veux mon horloge !

Le ton monte et la dispute éclate. Le bébé pleure sur le dos d'Hanitra. Les deux ainés se regardent alarmés. Leur mère parait déterminée à récupérer la fameuse horloge qui a marqué les heures de son enfance, qu'elle trouve superbe et qui, en outre, a une grande valeur sentimentale à ses yeux. Elle lui vient de sa grand-mère paternelle qui l'a élevée car elle n'a jamais connu sa mère morte à sa naissance.

- Où habite la vazaha ?

- Juste là-bas, derrière le grand mur...

- Allons-y ! Il nous faut racheter l'horloge. Quel que soit le prix... Elle n'est pas folle, ta vazaha. Elle a vu combien elle était belle. Et je sens que ta soi-disant bonne affaire va nous mettre sur la paille.

- Va toute seule voir cette femme. Voilà l'argent. Moi je vais rendre la charrette !

- Hors de question ! La femme ne me connait pas. Tu restes avec moi !

Le ton est sans réplique. Rajaona obtempère.

Ilafy - Maison de Pauline 14h 28

Rajaona sonne au portail rouge. Le gardien jette un œil suspicieux au travers d'une petite trappe puis ouvre en reconnaissant l'homme qu'il a fait entrer quelques heures auparavant.

- Qui est avec vous ? demande-t-il en apercevant une femme et des enfants.

- Ma famille. Ils m'accompagnent. Nous voulons parler à la femme vazaha.

- Mon mari lui a vendu par erreur une horloge, coupe Hanitra.

Le gardien les fait entrer et leur demande d'attendre dans le jardin. Il va frapper à la porte de la maison. Pauline arrive vêtue d'un kimono bleu marine. Elle vient de prendre une douche, a une serviette enroulée autour de la tête et n'a pas envie d'être dérangée :

- Oui ?

- C'est l'homme de tout à l'heure, explique le gardien ; il est revenu avec sa famille, dit-il en montrant la petite famille qui attend près du jacaranda.

- Eh bien, dites-leur de prendre leurs marchandises et de partir !

- Ils veulent parler à vous !

Pauline soupire et se décide à sortir dans le jardin :

- Oui, venez ! Approchez !

Hanitra s'avance, salue Pauline puis ouvre l'armoire, en sort l'horloge et explique qu'elle tient à la racheter.

Pauline s'énerve :

- Non, non, je ne veux rien d'autre. Non, je n'ai besoin de rien d'autre !

Elle demande au gardien de traduire. Il parle assez bien français, mais le matin lors de la livraison, il s'est contenté d'ouvrir le portail et n'est pas au courant de ce qui a été convenu, ne comprend rien à cet échange contradictoire, ne sait que traduire. Il est perdu et roule des yeux immenses qui vont de l'un à l'autre des protagonistes.

Pauline éclate :

- Prenez vos affaires et partez ! Je vous le répète, je n'ai besoin de rien d'autre et je ne veux pas que ces marchandises restent plus longtemps dans mon jardin !

- Rajaona et Hanitra n'osent pas comprendre. Ils pensent qu'il faut rendre l'argent et sont tétanisés.

Pauline se calme et dit à son gardien en s'obligeant à parler lentement et à articuler afin qu'il n'y ait pas de méprise :

- Aidez ces gens à remettre tout cela sur leur charrette, remerciez-les et expliquez-leur qu'il est inutile de revenir.

Puis elle sourit à la petite famille tout en regagnant sa maison :

- Au revoir !

Interloqués, ils chargent le plus rapidement possible la charrette puis partent presque en courant persuadés que la femme va revenir pour leur demander de restituer l'argent.

Rien ne se produit. Ils sont enfin loin de la maison de la vazaha et ont pris un chemin de traverse. Rassurés, ils osent enfin rire :

- Tu as compris quelque chose, toi ?

- Non rien ! Et toi ?

- Pas plus ! Tout est là, sauf les vilains fauteuils !

- Je te l'avais bien dit ! Ils sont fous, ces vazaha !

La mini-jupe de Maître Rabe.

Dans la famille de Maître Rabe rien ne se perdait. On avait horreur du gaspillage et ce depuis plusieurs générations. La longue période de pénurie qu'avait connue le pays pendant la première période Ratsiraka avait encore ancré davantage l'idée qu'il ne fallait rien jeter, que tout pouvait à tout moment être ré-utilisé, transformé, adapté. Ainsi les clous usagés étaient-ils redressés, les boites de conserve vides stockées dans un cagibi, les tissus usagés transformés en chiffons à poussière, les vieux tonneaux de bois métamorphosés en meubles...

Mais le sens de l'économie n'était pas la seule chose qui se transmettait dans la famille : de père en fils depuis trois générations on était avocat. Rien de commun à première vue dans ces deux admirables valeurs qui perduraient : le sens de l'économie et la vocation à défendre la veuve et l'orphelin. Pourtant leurs routes se croisèrent un jour...

En effet, cette profession qui s'exerçait depuis trois générations permettait une notable économie : nul besoin d'investir dans l'achat d'une robe d'avocat : elle passait de père en fils et on ajustait tout simplement l'ourlet en fonction de la taille de l'héritier du nom et de la charge.

Maître Rabe, le premier à avoir opté pour la carrière d'avocat avait d'ailleurs, en homme avisé, prévu un large ourlet à sa robe. Néanmoins, il n'avait pas imaginé que son petit-fils serait vraiment plus petit que lui, faisant mentir les statisticiens qui disaient que les générations futures seraient plus grandes que les précédentes.

Ainsi lorsque ce fut le tour du petit-fils du précédent à être nommé au barreau d'Antananarivo et qu'il récupéra la robe de son aïeul, il constata qu'elle balayait le sol. Prévoyant lui aussi, il fit appeler Rasoa, sa femme de ménage qui était vaguement couturière et lui demanda de faire un ourlet.

Cependant lorsque ce fut fait le résultat le déçut : l'épaisseur du tissu replié déjà une première fois, la longueur excessive de l'ourlet raidissaient le bas de la robe de telle manière qu'elle ressemblait à celle des derviches tourneurs lorsqu'ils accélèrent leur mouvement circulaire. Il fallait se résoudre à couper et ainsi donc sacrifier l'éventuel héritier trop grand qui ne pourrait plus compter sur la robe...

Irrité, Maître Rabe ne prit pas la peine de vérifier le travail de sa pseudo-couturière, laquelle agenouillée, des épingles plein la bouche marquait la ligne où elle devrait couper.

Peu de temps après, une affaire appela Maître Rabe à Majunga. Une chaleur étouffante baignait la ville en ce mois de décembre. Le soleil cuisait les rues et les trottoirs. Même à l'ombre, à l'intérieur des maisons, on n'échappait pas à cette chaleur qui vous desséchait la peau, brulait les lèvres.

Le tribunal, dépourvu de climatisation, envahi de monde, semblait l'antichambre de l'enfer par la température qui y régnait. Les avocats disposaient d'un vestiaire où ils allaient mettre leur tenue. Il était d'usage sur la côte malgache, c'est-à-dire dans toutes les villes où la chaleur était extrême, que les avocats enlèvent chemise et pantalon, la robe noire étant à elle seule suffisamment pénible à supporter.

Maître Rabe ôta donc ses vêtements, ne garda que ses chaussures et son caleçon puis passa sa robe. Il n'eut même pas le temps de vérifier sa tenue ou de se donner un coup de peigne quand on vint le prévenir que son affaire allait être appelée, le juge ayant interverti l'ordre de passage de deux procès.

Il prit donc son volumineux dossier et se dépêcha d'entrer dans la salle. Comme d'habitude les procès drainaient une multitude de spectateurs. Lorsqu'il avança vers le banc des accusés où se trouvait déjà son client il entendit des ricanements parmi la foule mais n'y prit pas garde. Plongé dans son dossier, il cherchait un document.

Enfin commença le procès proprement dit : une sombre histoire de vol d'une terre, agrémenté d'une tentative d'empoisonnement du propriétaire. Il s'assit en attendant que vint le moment de plaider. Tout le monde transpirait à grosses gouttes.

Le Président du tribunal épongeait son front à chaque instant. C'est alors que le planton du tribunal, que tout le monde connaissait bien à Majunga, fit son apparition avec un ventilateur sur pied qu'il avait déniché on ne sait où. La longueur du fil et l'absence de rallonge l'empêcha de le brancher près du Président. En revanche il était à deux mètres à peine de l'avocat.

Le vent qu'il déplaça, même, chaud, remplit d'aise Maître Rabe mais il eut brusquement le sentiment que quelque chose n'allait pas : l'air brûlant lui caressait les jambes de manière insistante. Il baissa les yeux et s'aperçut, horrifié, que sa robe, bien qu'il fût assis, avait été exagérément raccourcie. Ses mollets s'exhibaient, maigres et poilus, rendus verdâtres par la proximité avec le noir de la robe.

Vint son tour de plaider et donc de se lever. Il s'avança bravement. Les ricanements qu'il avait entendu à son arrivée reprirent et il comprit qu'ils s'adressaient à lui, à sa tenue. Pour garder sa dignité, il se refusa, à présent qu'il était debout, à regarder le bas de sa robe pour en vérifier la longueur mais il ne pouvait s'empêcher de sentir le tissu frôler son genou, l'air balayer sa peau nue. Il évaluait ainsi l'étendue de la catastrophe et songeait, ivre de colère, à Rasoa. Il la renverrait, non, il retiendrait l'argent de la robe sur sa paie, non plutôt... Partagé entre sa honte d'être ridicule, sa colère envers sa femme de ménage et son désespoir à l'idée que dans sa lignée plus personne ne pourrait jamais porter la fameuse robe, sa plaidoirie fut lamentable. En outre il dut laisser tomber les effets de manche qu'il affectionnait particulièrement car en ayant tenté deux ou trois il se rendit compte que les rires redoublaient à ce moment-là : ses petits mollets annihilaient totalement ses tentatives de rendre une situation dramatique.

L'accusé dans son box, lui, ne riait pas. Bien au contraire, il le couvait d'un regard de haine qui signifiait clairement : « Toi, tu as intérêt à ne pas croiser ma route quand je sortirai de taule ! ».

Maître Rabe transpirait de rage, de peur, de honte.

Mais le coup fatal lui fut porté par le président du Tribunal qui l'interpella, une fois la séance terminée ; « Maître Rabe, je vous rappelle que depuis 1971, une circulaire a interdit à Madagascar le port de la mini-jupe. À ma connaissance, cette dernière est toujours en vigueur !

Megalosaurus

Gisèle est arrivée à Madagascar depuis à peine deux mois. Elle a été nommée directrice des succursales d'une banque française implantée dans le pays. Elle découvre tout, n'ayant même pas eu le temps avant son départ de lire un guide ou d'aller sur le Net se renseigner sur les habitants, la vie au quotidien là-bas, l'histoire et la géographie, la faune et la flore. Il faut dire que tout s'est passé si rapidement : le directeur à Madagascar est tombé gravement malade et a dû être rapatrié. Il n'est plus question qu'il revienne dans l'île. On lui a proposé le poste à condition qu'elle puisse aller le remplacer au plus vite.

Elle a accepté parce que sa vie survoltée de Parisienne lui pesait depuis quelque temps, parce que le salaire qu'on lui proposait était très attractif et parce que ce poste représentait une sacrée promotion.

Depuis qu'elle est descendue de l'avion, elle n'a pas eu le temps de se faire des amis, ni de découvrir un peu la ville, ni de se documenter sur le pays. Il a fallu qu'elle étudie les dossiers principaux qui étaient en instance, qu'elle fasse connaissance avec ses collaborateurs et ses employés.

Elle a repris la maison de son prédécesseur bien qu'elle soit bien trop grande pour elle, célibataire, sans enfant. Trois chambres, un immense salon, une cuisine démesurée…Mais c'était la solution de facilité pour elle, comme pour la banque qui réglait les loyers : pas de temps perdu pour trouver une autre demeure, pas de rupture de bail ; en outre l'épouse de l'ancien directeur avait pris contact avec Gisèle pour savoir si elle souhaitait garder certains meubles qu'elle n'emporterait pas dont deux lits, deux canapés, des fauteuils, une table.

Elle a accepté bien sûr si bien que le nécessaire avait été assuré depuis son arrivée mais il avait tout de même fallu acheter des lampes, des rideaux, de la vaisselle. Voilà à quoi elle avait passé le peu de temps que lui avait laissé son travail.

Enfin ce samedi elle a décidé de s'accorder du temps. Il fait un soleil radieux et elle s'est installée sur la terrasse avec une tasse de café. Émerveillée, elle admire la végétation qui l'entoure, reconnait des plantes qu'elle a déjà vues en pots en France mais qui sous cette latitude sont devenues des arbres.

Pour elle, la Parisienne qui vient de débarquer, rien de plus extraordinaire que ce vaste jardin. Elle repense à son 40 m² au quatrième et dernier étage du petit immeuble qu'elle habitait et à la minuscule avancée extérieure qui avait été aménagée derrière la porte fenêtre de son salon. Elle l'avait baptisée pompeusement « la terrasse » mais en réalité, lorsque les beaux jours arrivaient, il y avait juste la place pour une chaise et trois pots de fleurs, un luxe !

Elle s'extasie donc encore bien davantage sur le jardin que sur la maison et elle a embauché la veille un jardinier. Elle lui a expliqué ce qu'elle voulait. Ici, il y aurait une plante grimpante, là, elle voulait des massifs de fleurs. Trouvait-on des amarillys ? Des fleurs mauves ? Pouvait-on tailler le bougainvillée blanc qui prenait trop d'ampleur ? Comment s'appelait cet arbre ? Cette plante ?

Le jardinier lui a fait une liste de ce qu'il doit acheter tant en matériel qu'en plantes ou graines et lui a proposé de venir le lendemain avec deux ou trois manœuvres qui l'aideront à creuser, planter, déplacer, débroussailler, élaguer…

Tandis qu'elle finit son café, elle les voit arriver munis d'angady, de pioches, de cisailles. Ils se mettent immédiatement au travail.

Deux heures plus tard, alors qu'elle s'est installée dehors avec son ordinateur pour écrire à ses amis, elle voit l'un des aide-jardinier exhumer une grosse pierre et la jeter sur un tas de cailloux plus petits qu'il a rassemblés dans un coin. Elle se lève afin de voir si on peut utiliser les plus grosses pierres pour délimiter un parterre.

Elle se saisit de la plus grosse des pierres, celle que l'homme vient d'extraire et de jeter. Elle mesure entre 30 et 35 cm de long sur 15 de large. Elle est lourde et est percée en son centre d'un orifice circulaire d'environ 8 centimètres de diamètre. Elle tourne et retourne le gros caillou dans tous les sens et soudain l'évidence s'impose : elle a entre les mains une vertèbre, une vertèbre de géant fossilisée.

Elle reste sans voix un moment, stupéfaite ayant du mal à croire à la conclusion qui s'impose : un dinosaure est venu mourir ici, il y a 100 ou 200 millions d'années au Jurassique ou au Crétacé. Elle s'assoit à terre la vertèbre posée devant elle. Elle la caresse et imagine le géant auquel elle a appartenu : elle sent la terre trembler sous ses pas pesants et voit la végétation monstrueuse qui l'entoure et dont il se nourrit. À moins que celui-ci ne soit un carnivore ?

Elle rêve un moment puis se redresse brusquement et appelle le jardinier. Tout excitée, elle lui montre la vertèbre et lui explique qu'un animal immense est venu mourir ici il y a longtemps. Le jardinier ne semble pas du tout ému ni même étonné. Elle insiste, lui montre la vertèbre, lui montre son dos, mime la taille de ses propres vertèbres, lui demande d'imaginer la grosseur de la bête qui habillait un squelette pareil. Connaissez-vous les dinosaures ? demande Gisèle. Il hausse les épaules et bredouille une réponse incompréhensible alors qu'il parle un français très correct.

Finalement Gisèle estime qu'il n'est pas nécessaire de l'impliquer dans sa recherche. Elle lui explique simplement qu'elle souhaite qu'il garde ses aides pendant une quinzaine de jours voire davantage afin de retourner la terre et de collecter le reste du squelette qui doit immanquablement se trouver là. Elle ajoute qu'il doit les surveiller afin qu'ils ne cassent pas ce qu'ils pensent être des pierres.

Le jardinier réunit ses hommes et leur explique en malgache ce qu'il attend d'eux. Ils se grattent la tête très en arrière, signe d'une infinie incompréhension, a déjà remarqué Gisèle, puis finalement ils roulent de grands yeux et hochent la tête d'un air inspiré.

Le reste de la journée ils ne trouvent rien. Ils reviennent le dimanche. Dans la matinée pas la moindre vertèbre, pas la moindre phalange, pas la moindre molaire. Dans l'après-midi quelque étranges cailloux sont collectés ; ils sont à n'en pas douter d'origine animale. Ils ont été il y a des millions d'années des os : cela se voit à la texture de la pierre qui, aux endroits cartilagineux est « aérée », constituée de minuscules alvéoles. Cependant ces cailloux ont été cassés et nul n'est besoin d'être médecin légiste pour s'apercevoir qu'ils l'ont été à une époque récente.

Gisèle est perplexe puis, en fin d'après-midi, alors que l'équipe s'apprête à s'en aller, l'angady de l'un des hommes bute sur une masse compacte. Appelée, elle aperçoit une surface beige, lisse, au fond d'un trou peu profond. Ils sont deux à présent et mettent délicatement à jour ce qui ressemble à une énorme pierre dont la longueur atteint environ 70 centimètres. Ils la dégagent complètement et la sortent ; elle est manifestement très lourde. Gisèle n'a pas besoin de beaucoup de temps pour constater qu'elle a devant elle un morceau d'un os gigantesque, fossilisé. Il s'agit certainement de l'extrémité d'un fémur ou d'un tibia. La partie arrondie qui s'emboitera dans un autre os au niveau de l'articulation est parfaitement reconnaissable.

Gisèle a le cœur qui bat. Elle sent qu'elle est en train de vivre un moment inoubliable : elle est l'un des enfants qui a découvert le site de Lascaux, elle est Chauvet qui a découvert la grotte qui porte son nom ; elle est Yves Coppens qui a découvert Lucie !

Un dinosaure entier se trouve là, sous ses pieds, dans son jardin. Il appartient peut-être à un genre qu'on connait mal ou pas du tout. La science va avancer grâce à cette découverte. Le squelette sera exposé dans un musée. La bête était certainement immense : 8 mètres ? 10 mètres ? Un brontosaure peut-être ? Le jardin devra être entièrement retourné.

Les ouvriers ont fini leur journée et Gisèle serait prête à piocher elle-même toute la nuit si elle n'avait du travail à préparer pour le lendemain. Elle demande au jardinier et à ses aides de revenir le lendemain et de continuer les recherches.

Le lundi matin à la banque, Gisèle ne pense qu'à son dinosaure. Elle finit par en parler à son adjoint. Celui-ci, qui connait bien Madagascar, s'étonne :

- C'est impossible !

- Pourquoi, impossible ?

- Parce qu'on ne peut trouver de dinosaures que dans le nord-ouest, du côté de Majunga...

- C'est probablement qu'on a mal cherché, la preuve !

Gisèle se dit que la découverte doit être encore plus importante si le site est inhabituel. Elle cherche sur Internet, apprend l'existence du Majungasaurus, du Tytanosaurus, du Rapeto-saurus, des géants, tous trouvés au Nord de Madagascar.

Dans les jours qui suivent le jardin ne livre pas d'autres os fossilisés. Gisèle va à Tsimbazaza au musée d'histoire naturelle et pose des questions au responsable sans lui parler de ses trouvailles. Ce dernier est catégorique : pas de dinosaure sur les Hauts Plateaux. Pourtant, elle est persuadée qu'il se trompe : ces os ne sont pas venus tout seuls dans son jardin !

Elle garde les quatre manœuvres afin qu'ils continuent à retourner la terre de son jardin et elle parle de sa découverte aux uns et aux autres, persuadée qu'elle finira bien par rencontrer un paléontologue ou une personne qui la mettra en contact avec un paléontologue. Il lui faut trouver quelqu'un qui saura quelles démarches sont nécessaires pour avancer, trouver le reste du squelette et faire connaitre au monde le nouveau Megalosaurus – c'est ainsi qu'elle l'a baptisé – qui s'est endormi dans son jardin au temps du Jurassique.

Et la réponse ne tarde pas à arriver en effet, non pas d'un paléontologue, mais d'un homme de 75 ans qui n'a aucune connaissance dans ce domaine. Elle le rencontre dans un cocktail organisé par la banque.

Lorsqu'elle glisse le sujet dinosaure dans la conversation et mentionne la vertèbre et le tibia trouvés dans son jardin, l'homme lui demande où elle habite exactement dans Ivandry. Elle s'étonne mais néanmoins lui répond.

Alors il rit ; il rit tellement qu'il a du mal à parler. Finalement il retrouve son sérieux et raconte :

- En 1977, le gouvernement malgache s'alarma de voir s'évader les précieux et magnifiques fossiles que contenait son sous-sol. Un premier décret en défendit donc l'exportation et rapidement un second décret en interdit la détention. Tout individu en possédant devait immédiatement les remettre au ministère des mines. Or il se trouvait un nommé D., un vazaha, qui en faisait le commerce et avait exhumé plusieurs squelettes de dinosaures du côté de Majunga. D. s'estima lésé et stupidement ne voulut pas rapporter aux autorités compétentes les fossiles qu'il avait stockés chez lui à Tana dans le but de les exporter. Avec l'aide de deux ou trois de ses ouvriers à coup de masse il réduisit en morceaux les merveilles qu'il possédait, les éparpilla dans des terrains vagues, en jeta dans l'Ikopa, et en fit enterrer dans son jardin... Vous savez maintenant où il habitait ! dit-il à Gisèle en se remettant à rire.

- Comment peut-on détruire volontairement des fossiles aussi extraordinaires, s'indigne-t-elle.

- Et il y a une suite à cette histoire. Voulez-vous la connaitre ?

- Bien sûr !

- L'un des ouvriers de D. qui l'avait aidé à cette destruction le dénonça. D. fut jeté en prison. Quelques mois plus tard il bénéficia d'une mise en liberté provisoire. Inutile de préciser qu'il lui était interdit de sortir de Madagascar. Il demanda alors l'autorisation de prendre des cours de pilotage, ce qui lui fut accordé. Trois fois par semaine on le voyait donc à Ivato accompagné de son instructeur. Tous deux grimpaient dans le Cessna 175 de l'aéroclub et faisaient des tours de piste. Le jour approchait où D. allait être en mesure de passer son examen et d'obtenir sa licence, d'être « lâché » ainsi qu'on le dit dans le jargon des pilotes. Un matin l'instructeur arriva à l'aéroclub et fut étonné de ne pas voir D. dont il avait aperçu la voiture sur le parking, encore plus étonné de ne pas voir le Cessna. Il se rendit à la tour de contrôle où il apprit que D. avait décollé une demi-heure auparavant et avait annoncé qu'il était en compagnie de son instructeur, ce qui est évidemment obligatoire tant qu'on n'est pas un pilote confirmé. Il comprit qu'on ne reverrait pas le Cessna et son pilote de si tôt…

- Où est-il allé ? s'enquit Gisèle.

- À Mayotte ! Son autonomie en carburant ne lui permettait guère d'aller plus loin. Quant à son instructeur il eut de gros ennuis, fit de la prison, dut prouver qu'il ignorait tout des projets de son élève, ce qui était le cas…

Gisèle rentra chez elle à la suite de cette conversation. Elle se repassait encore le récit qu'on venait de lui faire lorsqu'elle ouvrit en grand la baie vitrée qui donnait sur son jardin. Le spectacle qu'elle découvrit la laissa sans voix : le jardinier et ses aides lui avaient en effet strictement obéi.

Alors elle se remémora une fable de La Fontaine qu'on lui avait fait apprendre par cœur étant enfant :

(…) Un trésor est caché dedans.
Je ne sais pas l'endroit ; mais un peu de courage
Vous le fera trouver, vous en viendrez à bout.
Remuez votre champ dès qu'on aura fait l'Oût.

Creusez, fouillez, bêchez ; ne laissez nulle place
Où la main ne passe et repasse.

Oui, ils avaient creusé, fouillé, bêché ! et n'avaient laissé nulle place où la main n'était passée et repassée... À défaut d'avoir abrité un Megalosaurus, le terrain semblait avoir été saccagé par des taupes géantes qui l'avaient constellé de trous. Mais la comparaison avec la fable s'arrêtait là : tandis que les fils du paysan croyant chercher un trésor labourait le champ qui de ce fait rapportait davantage, les jardiniers de Gisèle avaient, sur son ordre, ravagé le magnifique jardin tropical.

Un ~~éléphant~~ zébu dans un magasin de porcelaine

Théophile était un homme solide, particulièrement grand, carré d'épaules avec des mains de géant. Pas le genre à pleurnicher sur une coupure ou à se lamenter sur un revers de fortune. Il avait quitté la Grèce 30 ans auparavant et s'était installé à Madagascar tout jeune. Il avait fait fortune dans le café et le cacao qu'il exportait. Inutile de dire qu'il s'était heurté à des changements politiques qui avaient mis ses activités en péril, à des acheteurs malhonnêtes, à des fournisseurs non fiables. Mais personne ne l'avait jamais vu essuyer une larme.

Quand le sort s'acharnait, il donnait un grand coup de poing sur la première table qui se trouvait près de lui, quitte à la mettre en morceaux puis hurlait : « On verra, si je vais me laisser faire ! On verra si je vais me laisser tondre comme un mouton ! »

Mais ce jour-là Théophile avait perdu tous ses mots et de toute façon aucune table ne se trouvait à portée de son poing. Juste la tête d'Irénée son responsable de magasin qu'il avait bien envie d'éclater. Il se retint néanmoins : peur de la prison ou horreur instinctive du meurtre ou honte d'un rapport de force par trop inégal car Irénée ne devait pas peser plus de 50 kilos et ne dépassait certainement pas le mètre soixante.

Théophile avança, écrasant de ses immenses pieds assortis à ses mains les multiples gravats qui jonchaient le magasin et se rapprocha d'Irénée dont le teint assez clair avait viré au gris vert pâle. Le nez d'Irénée était à peu près à la hauteur du dernier bouton de chemise du Grec. Irénée avait reculé au maximum mais ne pouvait pas pénétrer dans le mur qui se trouvait derrière lui quoi qu'il s'y essayât de toutes ses forces.

Théophile essuya son visage de sa main droite et réalisa qu'il venait d'écraser une larme, la première sans doute de son existence, ce qui attisa sa colère.

Il saisit le pauvre Irénée par sa chemise et le souleva du sol :

- Racontez, dit-il, racontez ! Je ne peux pas croire que ce que m'a dit le voisin soit vrai.

Irénée restait muet.

Une lueur dangereuse s'alluma dans le regard de Théophile :

- Vous souvenez-vous de la manière dont était aménagée cette boutique hier ? Ou seulement ce matin ? Voulez-vous bien me la décrire ?

Irénée restait toujours muet mais un gémissement sortit de sa bouche. Théophile relâcha son emprise, non par bonté d'âme mais pour qu'Irénée puisse retrouver son souffle et parler. Ce dernier, soulagé, reprit contact avec le sol. Et Théophile embraya :

- Si vous avez oublié, moi je peux vous rafraichir la mémoire. D'ailleurs j'ai encore des photos sur mon téléphone... Car nous avons ouvert, il y a à peine deux mois. Vous vous en souvenez ? Vous voulez les voir, ces photos ? Les murs entièrement recouverts de miroirs, des étagères en verre supportant des bocaux remplis de différentes variétés de cafés, de thé, de cacao.

En face, d'autres étagères, celles-ci en bois de cèdre et sur ces étagères, des cafetières et des théières en fonte, en porcelaine, en verre. Des services à café, à thé. Des machines à dosettes pour le café. Trois jolies petites tables rondes en palissandre ici au milieu afin que les clients puissent déguster les produits avant de les acheter. Un sol en marbre rose. Au plafond trois lustres que j'avais rapportés moi-même de Murano. Vous vous en souvenez, n'est-ce pas ? répéta-t-il. Et de tout cela, il ne reste plus rien, absolument rien.

Irénée s'accroupit ou plutôt se laissa glisser le long du mur et extirpa des gravats une théière en fonte qui avait échappé au massacre :

Marie-Charlotte Hahn

- Vous vous trompez Monsieur ! Il reste ceci, balbutia le pauvre vendeur en brandissant sa théière.

- Et en plus vous vous foutez de moi !

Théophile lui arracha la théière et la fracassa sur le sol :

- Voilà, maintenant il ne reste plus rien et j'attends vos explications.

Irénée bredouilla une phrase dans laquelle les mots « cher » et « précieux » étaient intelligibles.

- Certainement, nous sommes d'accord, tout ce qui se trouvait dans cette boutique était cher et précieux, sans compter le prix de la déco facturé par l'architecte d'intérieur. Donc racontez-moi car je ne vous laisserai pas en paix tant que je n'aurai pas votre récit détaillé, dussions-nous y rester toute la nuit.

Irénée prit sa respiration et se lança :

- Voilà, ce matin, je balayais...

- Plus fort !

- Ce matin je balayais devant la porte du magasin lorsqu'un zébu affolé a surgi. Sans doute s'était-il échappé d'un camion ou encore avait-il réussi à se libérer de la charrette qu'il trainait. Voilà que l'animal s'immobilise devant la porte de notre boutique...

- C'est à dire de MA boutique...

- Oui, c'est ce que je voulais dire, Monsieur.

- Donc, l'animal s'immobilise devant la porte de votre boutique, je me plaque contre le mur pour éviter ses cornes effilées. Il avait vraiment l'air pas commode puis courageusement, je lui donne un coup de balai sur le postérieur et il entre. Vous comprenez, c'est cher et précieux un zébu... Et je ferme la porte pour qu'il ne s'échappe pas.

- Ce que m'a raconté le voisin est donc rigoureusement exact, articula avec difficulté Théophile. C'est de la bêtise ou vous espériez me ruiner ?

- Monsieur, je ne pouvais pas savoir qu'il allait tout casser ! Et quand j'ai voulu le faire sortir, il ne voulait plus. J'ai ouvert la porte en grand mais il était très en colère et je n'ai rien pu faire que de le regarder démolir votre jolie boutique.

Il est des moments où même la colère la plus démesurée s'évanouit faute d'arguments, faute de compréhension. L'océan qui séparait Théophile d'Irénée était plus vaste que la distance entre la Grèce son pays natal et Madagascar son pays d'adoption…

La délicieuse grosse

Mademoiselle Verdier allait fêter ses 85 ans. Elle n'avait plus du tout de famille : ni mari, ni enfant. Son seul héritier, un neveu qu'elle connaissait à peine était mort, voilà une dizaine d'années, en Europe.

La solitude qu'elle avait pourtant bien cherchée, refusant avec dédain les prétendants qui s'étaient manifestés lorsqu'elle était jeune, l'avait aigrie. À cela s'ajoutait un caractère tyrannique, conséquence de l'éducation de ses parents qui l'avaient outrageusement gâtée et de l'héritage confortable qu'elle avait reçu d'eux : elle ne s'était jamais frottée au monde du travail, n'avait jamais eu à composer avec quiconque et s'imaginait que la terre entière était à son service. Cette tendance renforcée par sa fortune, par son éducation s'était encore accrue du fait de son statut de vazaha pendant la colonisation. Elle n'avait jamais tout à fait compris que cette époque-là était révolue.

Aussi son personnel de maison craignait-il ses exigences et ses lubies.

Trois hommes et trois femmes travaillaient pour elle : un gardien, un jardinier, un chauffeur, une cuisinière, une femme de ménage et une dame de compagnie. Ainsi appelait-elle une employée qui était chargée de de lui lire soit le journal, soit des livres, de faire ses courses et qui dormait chez elle, dans sa jolie maison du haut de la ville, à Miandrarivo, tout près du Palais de la Reine.

C'était avec cette personne qu'elle passait le plus clair de son temps ; aussi à la mort de son neveu, lorsqu'elle s'était retrouvée sans héritier avait-elle décidé de léguer sa fortune à sa dame de compagnie. Mais la veille du jour où elle avait pris rendez-vous avec son notaire, la dame en question s'était endormie au beau milieu de la lecture du Comte de Monte-Cristo, le roman préféré de Mademoiselle Verdier. Crime impardonnable ; elle fut renvoyée et remplacée. Celle qui lui succéda se montra exemplaire pendant deux ans ; hélas, des défauts rédhibitoires apparurent au moment même où elle avait décidé d'en faire son héritière. Elle avait dû, une fois de plus, annuler son rendez-vous avec le notaire.

Peu après une jeune femme qui répondait au nom de Bakoly s'était présentée et fut engagée par Mademoiselle Verdier. Cette fois encore Mademoiselle Verdier avait cru tenir la perle rare, était allée chez le notaire et l'avait désignée officiellement comme son unique héritière. Néanmoins au bout de 5 années de bons et loyaux services les choses s'étaient gâtées car Bakoly avait rencontré un homme dont elle était éperdument amoureuse : elle le faisait venir la nuit en cachette dans sa chambre. Lorsque Mademoiselle Verdier s'en était aperçue, la dame de compagnie avait été renvoyée et immédiatement remplacée par une nommée Nirina, une femme d'une quarantaine d'années.

Nirina était douce et patiente ; en outre elle avait une formation d'infirmière. Avec l'âge, Mademoiselle Verdier avait besoin d'une surveillance médicale et de conseils appropriés. Nirina lui prenait sa tension, l'encourageait à manger des légumes, la grondait gentiment lorsqu'elle ne faisait pas les exercices de gymnastique qui lui avait été recommandés. Bref, Nirina était très vite devenue indispensable.

Toute à ses préoccupations quotidiennes Mademoiselle Verdier avait un peu oublié ce testament fait en faveur de Bakoly. La date anniversaire de ses 85 ans se rapprochant, elle réalisa qu'à tout moment la mort pouvait la saisir et qu'il était urgent de changer son légataire. Elle frissonna à l'idée que Bakoly qui s'était si mal comportée pouvait hériter de sa fortune. Évidemment c'était Nirina qui aurait tout. Cette fois, Mademoiselle Verdier était sûre de son choix.

Le gros problème était que depuis deux ou trois ans elle ne sortait plus de sa maison. En effet, du portail situé dans la rue jusqu'à sa porte d'entrée il y avait 78 marches raides et de hauteurs variables. Certes la vue, une fois parvenu dans le salon était unique, mais il fallait avoir le cœur et les poumons solides pour la mériter. Et, à l'âge vénérable qu'elle avait atteint, Mademoiselle Verdier avait le souffle court, le cœur fragile et des articulations attaquées par l'arthrose. Cependant, pour rien au monde, elle n'aurait habité ailleurs que dans la maison familiale.

Elle connaissait bien Maître Andrianjafy qui avait succédé à son père comme notaire. Hélas le fils était bien moins arrangeant que le père qui acceptait de se déplacer facilement, à l'époque, c'est-à-dire, il y avait une cinquantaine d'années, du temps béni de la colonisation... Elle était donc en train d'envisager de faire transformer le fauteuil en velours rouge de son salon en filanzana de luxe pour accéder à sa voiture lorsqu'elle eut une visite inespérée.

Ce jour-là, en effet, se présenta à son domicile Josiane Rakotobe, la locataire de l'une de ses maisons située dans la ville basse. Josiane, ponctuelle, venait chaque mois régler son loyer en liquide et Mademoiselle Verdier, invariablement, l'invitait à partager avec elle une tasse de thé et des petits gâteaux. C'était une faveur exceptionnelle qu'elle ne dispensait pas à n'importe qui. Elle appréciait la gaité et le naturel de Josiane qui avait toujours une anecdote amusante à lui raconter ou un potin croustillant à lui révéler.

Tout en mangeant une madeleine, Josiane s'exclama :

- Oh, j'avais oublié de vous raconter que depuis 4 mois j'ai changé de patron !

- Vous ne travaillez plus pour cet avocat dont le bureau se trouve...

- Non, non, coupa Josiane ; je travaille à présent pour un notaire, Maître Andrianjafy !

- Comment ! s'exclama Mademoiselle Verdier, mais c'est le ciel qui vous envoie !

Et elle lui exposa son problème.

Le lendemain matin, Josiane, des trémolos dans la voix, supplia Maître Andrianjafy de se rendre chez Mademoiselle Verdier.

- Vous savez, elle ne peut plus se déplacer à présent...

- Cette vieille vazaha acariâtre qui se croit le centre du monde !

- Je vous assure, Maître, que vous vous trompez sur son compte ; elle semble un peu hautaine à première vue mais elle est d'une grande gentillesse. L'an dernier elle a pris à sa charge la réfection de toute l'électricité de la maison qu'elle me loue...

- C'est son devoir et aussi son intérêt, fit remarquer le notaire. Pourquoi veut-elle me voir ?

- Pour modifier son testament ! Elle voudrait que vous apportiez l'ancien pour le relire, si j'ai bien compris. Je me permets d'insister, Maître, c'est une amie, elle est âgée, elle ne peut plus se déplacer…

Maître Andrianjafy soupira :

- Bon, j'irai, Josiane ! J'irai pour vous faire plaisir et parce que vous êtes une secrétaire efficace que j'apprécie et qui ne compte pas ses heures de travail. Mais je le fais uniquement pour vous, pas pour cette vieille chouette dont je me souviens très bien à présent. Et j'apporterai la grosse du dernier testament, quoi qu'elle n'ait pas le droit de sortir de l'étude normalement !

- Merci, merci, Maître !

- Je vais l'appeler afin de lui dire quand vous comptez y aller. Elle fera venir deux témoins ce jour-là et éloignera sa dame de compagnie à qui elle veut cacher les nouvelles dispositions testamentaires en sa faveur.

- Elle ferait mieux de la mettre au courant, ça l'aiderait à la supporter, maugréa le notaire entre ses dents. Bon ! J'irai vendredi en quittant l'étude vers 18 heures. Vous m'expliquerez où elle habite !

Josiane s'était bien gardée de donner des détails concernant la maison de Mademoiselle Verdier. Maître Andrianjafy, le vendredi en fin d'après-midi, faillit retourner à sa voiture lorsqu'il leva les yeux et aperçut l'escalier qui semblait être celui de la tour de Babel. En outre, Mademoiselle Verdier, qui était devenue avare avec l'âge, ne voulait pas donner son argent à la Jirama et seules deux ou trois ampoules de faible ampérage éclairaient les marches alors que la nuit était déjà tombée.

Lorsqu'il parvint enfin à la porte d'entrée son cœur battait la chamade, il n'avait plus de souffle et il sentait un filet de transpiration lui couler le long de sa colonne vertébrale. On le fit entrer dans le salon. La demoiselle Verdier l'attendait, assise dans son fauteuil grenat. Derrière elle, tels des courtisans, deux hommes se tenaient debout.

- Voici mes témoins, déclara-t-elle, et elle fit les présentations.

Maître Andrianjafy avait déjà préparé les documents. Il se borna à vérifier l'identité des témoins, recopia leurs noms. Chacun signa et l'affaire fut vite bouclée.

Il s'apprêtait à partir lorsque la vieille demoiselle congédia ses deux témoins puis se tourna vers le notaire :

- Une minute, Maître ! Vous avez bien l'original de mon avant-dernier testament, celui en faveur de cette dévergondée de Bakoly ?

- Oui j'ai apporté la grosse. Vous voulez la relire ?

- Non, Maître, je voudrais que vous la déchiriez !

Maître Andrianjafy étouffa un rire poli :

- C'est impossible, Madame !

- Mademoiselle...

- Euh oui ! C'est impossible, Mademoiselle ! Cet acte doit rester dans mes archives. C'est la loi mais je peux vous assurer que ce testament est bel et bien annulé par le nouveau que nous venons d'établir.

- Cependant je serais plus tranquille si...

- Impossible, impossible, Mademoiselle, ce serait une faute grave de la part d'un notaire et de plus cela n'aurait aucun intérêt, je vous l'assure.

- Bien, bien !

- Au grand soulagement de Maître Andrianjafy Mademoiselle Verdier n'insista pas. Au contraire elle fit un charmant sourire au notaire, lui proposa de boire un verre de Xérès, ce qu'il refusa poliment.

- Montrez-moi quand même ce document, voulez-vous ? Que vous ne l'ayez pas apporté pour rien !

Sans méfiance, Maître Andrianjafy le lui tendit.

Alors, avec une vivacité dont on ne l'aurait pas cru capable, la vieille demoiselle réduisit le papier en boule et le fourra dans sa bouche.

Le notaire resta d'abord paralysé par la stupeur pendant quelques secondes puis il se mit à vociférer :

- Rendez-moi immédiatement ce document, immédiatement ! et il se précipita pour le récupérer. Il ne réussit qu'à sauver un lambeau de papier. Les dents de l'octogénaire avaient l'air encore solides et il tenait à ses doigts.

Narquoise, Mademoiselle Verdier le regardait en mâchonnant la grosse. La bouche pleine, elle articula :

- On ne sait jamais ! Je suis plus tranquille ! Plus de traces...

Le notaire partit sans un mot en claquant la porte. Dans sa rage il faillit dévaler les impressionnants escaliers.

Le lendemain matin il appela sa secrétaire :

- Josiane !

- Oui, Maître !

- Votre amie, d'une si grande gentillesse...

- Oui...

- Elle est probablement plus pauvre que vous ne le pensiez et n'a pas grand-chose à manger...

- Euh, je ne comprends pas !

- Parce qu'il faut que vous le sachiez : elle a mangé la grosse ! Voilà ce qu'il en reste et il agita sous son nez un petit morceau de papier déchiqueté...

à Mimi

L'épopée de la Mora-Mora

Maman, les p'tits bateaux qui vont sur l'eau ont-ils des jambes ?

Mais oui, mon gros bêta, s'ils n'en avaient pas, ils ne marcheraient pas !

Il en est des objets inanimés comme des gens : certains sont promis à une destinée invraisemblable. Ce fut le cas de la Mora-Mora, un drôle de bateau qui allait voir le jour dans des circonstances tout à fait particulières. D'ailleurs, ne suis-je pas train de blasphémer lorsque je qualifie un bateau d'objet inanimé ?

Donc, il était une fois un homme prénommé Marc, qui rêvait d'avoir son bateau. Pas pour se balader sur le lac d'Ambohibao ou celui de Mantasoa. Non, un bateau pour naviguer sur les océans. Il s'était promis d'en posséder un avant le jour anniversaire de ses 45 ans. Or, ce jour était arrivé et il n'était même pas propriétaire d'une petite barque, d'une pirogue ou d'un pédalo... Ce n'était pas juste et il ruminait son amertume sur le port de Majunga tout en admirant les bateaux des autres.

Mais le ciel, qui l'avait sans doute entendu, lui envoya un coup de pouce sous la forme d'une jeune femme qu'il connaissait un peu et passait par là. Celle-ci lui fit remarquer qu'il avait l'air contrarié. Il est vrai qu'on le voyait rarement maussade. Marc haussa les épaules et lui avoua la raison de sa mauvaise humeur. Elle se mit à rire :

- Mais allez donc voir mon mari, Jean-Yves, il est là-bas dans le hangar, en train de construire son propre bateau. Il a des plans, je suis certaine qu'il pourra vous conseiller, vous donner des idées peut-être.

Et c'est ainsi que l'aventure commença. Marc alla, en effet, voir Jean-Yves qui le persuada en un temps record que lui-aussi pourrait construire son bateau. Il lui montra le sien, un bateau de 11 mètres de long en ferrociment, déjà bien avancé, qui était dans le hangar. Il possédait les plans, la liste de tous les matériaux nécessaires à la construction, le détail des différentes étapes et voulait bien en faire profiter Marc.

Cependant Marc n'habitait pas à Majunga. Il vivait à Tana, travaillait à Tana et devait rentrer chez lui. N'importe qui aurait enterré le projet. Pas lui ! Il faisait partie de ces aventuriers que rien ne rebute et, à ce côté aventurier, s'ajoutait une bonne dose d'entêtement.

Tout le long de la route Majunga-Tana il pensa à son bateau, à la manière dont il s'y prendrait pour le construire, à l'endroit où il pourrait s'installer, au temps qu'il pourrait y consacrer, au budget qu'il lui faudrait. Il rumina durant 9 heures, la durée de son trajet de retour. Mais, arrivé à Tana, son plan était achevé dans les moindres détails.

Sa femme, Ony, bien qu'habituée à le voir mettre à exécution les idées les plus excentriques, émit néanmoins quelques objections :

- Comment feras-tu ? Tu as ton travail ici. Tu ne peux pas vivre à Majunga ! Et si tu te contentes d'y aller pour des week-ends prolongés ou des vacances, le bateau ne sera prêt que dans une vingtaine d'années !

- Aussi n'ai-je pas l'intention de le construire à Majunga !

- Mais où ?

- À Tana… dans notre jardin !

Et, dès le lendemain, elle put constater que Marc mettait son projet à exécution.

Il commença à réunir une documentation importante, des plans, des photos, des fiches techniques, les noms d'entreprises locales ou étrangères qui allaient pouvoir lui livrer certaines pièces.

Puis il partit en voiture à Majunga, là où il mettrait son bateau à l'eau. Le projet étant de le tracter jusque-là.

Il étudia l'état de la route, des ponts, mesura l'écartement entre les parapets. Il fallait penser à tout et s'assurer que le bateau passerait bien. Un pont sur la Betsiboka notamment pourrait poser problème : il était en acier, datant de l'époque Eiffel. Les poutres métalliques formaient de part et d'autre du tablier une sorte de parapet triangulaire. Marc prit très soigneusement la mesure de la largeur intérieure du pont : 4 mètres 05.

Il était donc à présent en possession de tous les éléments dont il avait besoin. Le poids de son futur bateau n'aurait pas de réel intérêt, des véhicules beaucoup plus lourds empruntaient cette route. Il en était de même pour la longueur qui resterait à son appréciation. En revanche la largeur devait être respectée au centimètre près. Normalement, un bateau comme celui qu'il projetait de construire aurait dû être plus large que ne le permettait le pont le plus étroit mais cela irait quand même.

Alors commencèrent les travaux. Le jardin de Marc et Ony n'était pas immense ; il devint du jour au lendemain un vaste chantier. Il fallait avant toute chose, construire une plate-forme en ciment qui devrait pouvoir supporter le poids du bateau.

Même si Marc avait prévu que son chantier naval serait le plus loin possible du portail d'entrée, les allées et venues des livraisons de ciment, de fer à béton, l'arrivée de la bétonnière elle-même, avaient bien saccagé le jardin. Ony s'était résignée. Elle avait sauvé quelques-unes de ses plus belles plantes en les déplaçant dans un petit espace délimité et clôturé. Elle s'apprêtait à vivre des jours bien difficiles : il y aurait bientôt des coups de marteau, le vacarme de la perceuse, celui de la scie, les cris des ouvriers s'interpelant. Bon ! elle achèterait un casque anti-bruit !

Elle savait, connaissant Marc, qu'il arriverait au bout de son projet – il arrivait toujours au bout de ce qu'il entreprenait – et l'idée de naviguer un jour avec lui contrebalançait les inconvénients qu'elle devrait supporter.

Seuls les invités, lorsqu'elle organisait un dîner ou un déjeuner entre amis chez eux, trouvaient très drôle de découvrir un chantier naval à 400 km de la mer.

Mais c'est l'un de ces invités, Gilles, le propriétaire du grand garage F., qui sauva le jardin. Il ouvrit de grands yeux en découvrant les platebandes dévastées et la plateforme qui venait d'être achevée :

- Marc, j'ai une proposition à te faire ! On va le construire ton bateau, je te le promets, mais chez moi, dans mon garage : j'ai la place, les techniciens, les ouvriers, les machines et surtout l'envie de participer à ce projet fou. Ton idée me fait penser à l'épopée de Fitzcarraldo !

- Ne t'inquiète pas, je n'ai pas l'intention de construire un opéra à Majunga, répliqua Marc en riant.

- Dommage, répliqua Gilles, j'aurais bien aimé assister à une représentation de la Traviata là-bas !

Et l'aventure du bateau commença vraiment à ce moment-là : Gilles et Marc passèrent d'abord de longs moments à dessiner les plans autour de verres de whisky dont le nombre exact n'est pas parvenu jusqu'à nous. Le ferrociment fut abandonné au profit de l'acier. Le bateau mesurerait 11 mètres de long sur 3 mètres 90 de large.

Les semaines, les mois, les années passèrent. Cinq ans ! Il fallait bien que la Mora-Mora soit en accord avec son nom ! Mais elle était à présent terminée, aussi belle que Marc l'avait rêvée. Cependant flottait-elle ? Avant de l'emmener à Majunga, il valait mieux s'assurer tout de suite qu'elle ne coulerait pas. Mais comment allait-on s'y prendre pour le vérifier ?

Qu'à cela ne tienne, à l'arrière du garage F., il y avait des rizières ; le terrain leur appartenait. Il suffisait de creuser et de faire une piscine de 12 mètres sur 5 qui se remplirait automatiquement grâce à l'eau des rizières.

Le bateau fut mis à l'eau grâce à une grue. Marc, le cœur battant, attendait la minute de vérité. La coque d'acier sembla tout d'abord s'enfoncer dangereusement mais, tel un bouchon, remonta triomphalement. Marc, Gilles, les ouvriers applaudirent : chacun se sentant responsable de cette victoire !

Ne manquait plus que le mât. Il avait été commandé chez H., seule entreprise de la ville qui pouvait réaliser cette commande plutôt hors norme : une poutre en bois de 18 mètres de longueur en lamellé-collé. La difficulté était la livraison chez Marc, l'entreprise H. se situant exactement à l'opposé. Il fut finalement décidé de placer la poutre sur trois charrettes à bras et de leur faire traverser la ville à partir de trois heures du matin. Ce fut une véritable aventure exigeant coordination des trois charrettes, habileté dans les virages, réactivité lorsqu'une voiture – se croyant seule à cette heure-là – arrivait à vive allure.

La poutre était de section carrée. Le charpentier arriva dans la matinée et Marc lui expliqua patiemment et en détails ce qu'il devait faire : « Vous gardez deux mètres de section carrée (les deux mètres qui serviront à fixer le mât au bateau) et le restant sera arrondi, tout en affinant l'arrondi jusqu'au sommet... »

Puis, il partit vaquer à différentes occupations. Ony, de son côté aussi, avait de multiples rendez-vous. Ils rentrèrent tard le soir. Le bruit caractéristique du rabot résonnait encore à l'arrière de la maison. « Quel travailleur ce charpentier, pensa Marc, et quel sérieux ! J'ai bien fait de m'adresser à lui ! ». Il se servit un apéro et, son verre à la main, se dirigea vers la plate-forme à l'arrière de sa maison. Il l'avait conservée en prévision justement de certains travaux qu'il pourrait effectuer chez lui. Le soleil était déjà couché mais une puissante lampe éclairait toute la plate-forme. Tout d'abord Marc ne comprit pas ce qu'il vit. Plus exactement son cerveau se refusait à comprendre. Mais quand l'information insista en envahissant tous ses neurones, Marc en lâcha son verre de whisky. Muet, il avança comme dans un mauvais rêve vers le charpentier qui arborait, le rabot à la main un fier sourire, le sourire de l'ouvrier satisfait de son ouvrage. Toujours muet, Marc regardait ce qui devait être le mât de son bateau, coupé en 9 tronçons de 2 mètres de long...

Il fut long à retrouver la parole ! Il fallut commander une nouvelle poutre chez H. et les tronçons de deux mètres récupérés servirent à refaire le portail d'entrée de la maison de Marc et Ony. Magnifique portail aux bois disposés en soleil. Pendant longtemps, lorsque Marc entrait chez lui et poussait ce portail il avait presque envie de pleurer : « Ainsi, voilà le mât de la Mora Mora, se disait-il avec colère »

Enfin le grand jour était arrivé, Le bateau qui n'avait ja-ja-jamais navigué allait partir vers son destin qui était de prendre le large.

Il fut hissé grâce à une grue sur la plate-forme d'un Kenworth, un camion américain qui avait fait ses preuves sur les routes les plus difficiles, et tout se passa à merveille jusqu'à Maevatanana. Le chauffeur et l'aide-chauffeur se relayaient sur la route. Marc suivait dans son 4x4 en chantonnant.

À Maevatanana, Marc et les chauffeurs s'arrêtèrent pour déjeuner d'un poulet étique arrosé d'une affreuse lavasse appelée café. Néanmoins, étant d'excellente humeur, ils le burent gaiement et reprirent la route.

Le pont juste après Maevatanana était en vue. Le chauffeur s'arrêta. Marc descendit pour guider le camion. Il savait qu'il faudrait y aller au pas, c'était une question de centimètres. Toutefois, rapidement, il s'aperçut que quelque chose clochait : le bateau était plus large que le pont. Pourtant il était sûr de lui. Il avait pris les mesures avec soin : le pont mesurait exactement 4 mètres 05. Il avait même demandé à un ami qui allait à Majunga de vérifier une fois de plus. Était-il devenu fou ? Il sortit le précieux carnet dans lequel il notait tout ce qui concernait le bateau : c'était bien ce qu'il avait noté. Et la Mora-Mora par conséquent avait été conçue en fonction de cette mesure : elle faisait exactement 3 mètres 90 de large.

Tandis que Marc se dirigeait vers sa voiture pour récupérer le mètre qui ne le quittait pas, il vit que les chauffeurs bavardaient avec deux paysans du coin. Marc surprit des rires et se demanda comment ils osaient... « Je vais les étrangler et les jeter par-dessus le pont » pensa-t-il pendant quelques secondes.

Inconscient de ce qui se passait dans la tête de Marc l'un des deux chauffeurs revenait vers lui, non pas en ricanant, mais en souriant, ce qui déjà était de trop :

- Patron, je sais pourquoi on ne passe pas !

Transformé en statue, Marc attendait la suite...

- Ils ont fait des travaux, ils ont renforcé le pont, soudé des poutrelles, il est plus étroit qu'avant ! C'est pour ça qu'on ne passe pas !

Et il répéta en ponctuant la phrase d'un coup de menton assorti d'un sourire satisfait :

- C'est pour ça qu'on ne passe pas !

Marc, à grand mal, refreina son envie injuste de passer sa colère sur le messager de la lugubre nouvelle.

Les mesures du pont furent reprises : il manquait 8 centimètres, inutile de s'acharner, la Mora-Mora ne passerait pas.

Il réfléchit intensément et une lueur d'espoir se glissa en lui : puisqu'on ne pouvait pas passer sur le pont, pouvait-on passer dessous ? C'était peut-être la seule possibilité car la Betsiboka, plus loin, était trop profonde et les rives trop abruptes pour qu'il soit possible de tenter une traversée.

Lentement le Kenworth se positionna puis amorça sa descente. Très vite, on s'aperçut que la hauteur du pont ne permettrait pas au chargement de passer. Les roues du camion furent dégonflées. Marc crut pendant quelques douces minutes que cela suffirait mais il fallut se rendre à l'évidence : le bateau était toujours trop haut, seul l'habitacle du camion pouvait espérer y parvenir.

Marc, trempé de sueur, par la chaleur et les émotions, s'assit sur une pierre qui bordait la route. Un dernier coup d'œil sur le pont lui confirma qu'il fallait renoncer à poursuivre sur cette route. Ne restait plus qu'une seule solution : emmener le bateau à Morondava.

Il alla dans sa voiture, sortit la carte de l'ouest de Madagascar et soupira : oui, c'était faisable, c'était même la seule, l'unique solution. Il fallait passer par Miandrivazo.

Le camion, vaillamment, se remit en route avec son lourd chargement. Ce n'était plus une question d'heures cette fois mais une question de jours.

Le garage F. fut prévenu du changement d'itinéraire et ils comprirent que le camion aurait besoin d'un bulldozer. Ils envoyèrent donc un caterpillar D6 qui, en effet, allait être bien utile.

Le trajet dura 12 jours : 12 jours à dormir dans la voiture, à manger sur le bord de la route, à conduire dans des conditions ahurissantes. Des ponts, il y en avait partout, tous trop étroits mais enjambant des rivières peu encaissées la plupart du temps. Le bulldozer ouvrait donc la voie, choisissant les passages les moins tourmentés des cours d'eau, les aplanissant du mieux possible, ramassant dans sa monstrueuse main des roches qui bordaient le chemin pour les jeter dans les trous d'eau trop profonds...

Enfin, Morondava ! Promesse d'un hôtel correct, d'un délicieux repas et d'une non moins délicieuse douche. L'après-midi était déjà bien avancé. Le bateau serait amené au port le lendemain et mis à l'eau.

L'épopée touchait à sa fin !

Dès l'aube, le camion se positionna au bord du quai et la grue commença à lever la Mora-Mora. Mais ce qui devait durer une heure prit pratiquement la journée : une à une les sangles se rompaient et le bateau retombait lourdement sur la plate-forme du Kenworth. Marc faillit presque renoncer : la superstition s'était emparée de lui ; il en était venu à penser qu'un mauvais sort pesait sur la Mora-Mora. Toutefois en fin d'après-midi, après avoir changé à plusieurs reprises les sangles, après avoir cru que le camion allait finir écrasé par le poids du bateau chaque fois qu'elles cassaient, les hommes harassés se congratulèrent : la Mora-Mora, se balançait gracieusement dans le port. Elle semblait sourire.

Le chef de port avait, toute la journée, suivi avec intérêt les péripéties de la mise à l'eau. Il s'avança vers Marc :

- Parfait ! Bravo ! Vous me donnez votre dossier avec les papiers ?

Les papiers, les papiers ! Mais oui, il avait oublié ce détail ! Un bateau n'avait l'autorisation de naviguer qu'à la condition que tous les documents soient en règle, tamponnés et signés par le chef de port.

- Les papiers ! Mais je ne les ai pas ! Ils sont à Majunga !

En effet, il y avait fait porter tous les documents deux semaines auparavant...

- À Majunga ! Pourquoi là-bas ?

- Venez, allons boire un verre, je vais vous expliquer...

Marc et le chef de port s'installèrent autour de la table branlante d'un estancot voisin du port et Marc raconta : la route, le pont, le changement d'itinéraire, le bulldozer...

Lorsqu'il parvint à la fin de son récit, le chef de port, admiratif et en même temps apitoyé, secoua la tête :

- Allons, allons, je ne vais pas vous demander d'aller chercher les documents à Majunga, ou plutôt si ! Prenez votre bateau, allez à Majunga et faxez-moi tout ça !

Et la Mora-Mora partit dès le lendemain matin, voguant sur la mer comme si elle n'avait toujours fait que cela...

À Marie-Charlotte et Bérénice

Les cheveux d'Elisabeth

- Non, non et non, ça ne me plait pas ! martela Elisabeth en regardant dans le miroir la coiffure que sa mère avait réalisée avec ses cheveux crépus : ils avaient été rassemblés vers le haut du crâne au moyen d'un élastique puis séparés en trois et nattés de manière à former une tresse fournie, plaquée à l'arrière au moyen de quelques épingles. Cela donnait l'illusion d'un chignon qui la faisait ressembler à Nefertiti grâce à son cou fin et long et son profil parfait.

Néanmoins Elisabeth n'était pas satisfaite. Elle avait toujours rêvé d'avoir les cheveux lisses de sa mère ou de sa sœur. De jolis cheveux blonds foncés avec des reflets auburn tandis que les siens restaient désespérément noirs. Elle n'avait jamais envié la peau très claire de sa mère adoptive dont avait hérité sa sœur Gabrielle à peine âgée de quelques mois de plus qu'elle. La sienne, couleur de palissandre foncé, comme les arbres de la forêt de ses ancêtres, lui convenait. En revanche elle considérait que ses cheveux étaient une malédiction : incoiffables, ingérables, d'un noir sans nuance, elle prétendait qu'on ne pouvait rien en faire. Sa mère avait essayé de lui démontrer qu'ils s'accordaient parfaitement à sa couleur de peau, qu'elle pouvait à sa guise les tirer en arrière ou les laisser former une large auréole autour de son visage ou encore les parsemer de perles. En vain.

Maussade, Elisabeth réclamait le droit d'aller faire lisser sa chevelure chez un coiffeur et de demander un balayage couleur châtain clair afin disait-elle de donner un peu de vie et de personnalité à ses cheveux par des reflets.

- Mon chaton, lui répondait patiemment sa mère, tu n'as que 14 ans, tu vas abîmer tes cheveux, les rendre secs, cassants !

- Dès que j'aurai dix-huit ans, de toute façon je le ferai, alors à quoi bon attendre ?

- Mon bébé en chocolat, tu le feras si tu en as encore envie mais pour le moment pas question...

C'était la Xème fois que Rasoa, la nénène d'Elisabeth, était témoin de ce genre de conversation. Rasoa ne savait que faire pour contenter Elisabeth qu'elle avait prise dans ses bras à peine quelques jours après sa naissance. Elle la gâtait outrageusement et souvent en cachette de sa mère. Elisabeth, au contraire de sa sœur plus brusque et plus indépendante, savait jouer de son charme et de son regard de velours. Rasoa, plus que tout autre, avait été prise au piège.

Que sa petite princesse ait un désir non réalisé faisait saigner son cœur de nénène. Aussi réfléchit-elle intensément au problème.

Quelques jours plus tard, elle trouva la solution et l'exposa au moment du déjeuner :

- Madame, j'ai une idée pour les cheveux d'Elisabeth !

- Ah bon ! mais laquelle ?

- Tout simplement une perruque...

- J'y avais bien pensé, Rasoa, mais je suppose que le prix est déraisonnable surtout pour une fantaisie qu'Elisabeth portera deux ou trois fois...

- Mais non, Madame !

Et elle annonça une somme dérisoire, d'autant plus dérisoire que d'après elle la perruque serait en vrais cheveux.

- J'ai trouvé une petite boutique à Andravoahangy qui les vend le quart du prix proposé ailleurs.

Rasoa était véritablement une perle. On pouvait compter sur elle pour dénicher la denrée introuvable, l'artisan habile, le cordonnier qui rendrait à une chaussure usagée l'aspect du neuf...

Gabrielle intervint alors :

- Puisque ce n'est pas cher, je voudrais bien en avoir une aussi et me voir en brune !

La mère éclata de rire en regardant ses deux filles, si différentes physiquement, qui l'espace d'un instant avaient eu l'air de jumelles avec leurs moues à la fois décidées et suppliantes.

- Tenez Rasoa, vous nous achèterez non pas deux mais trois perruques ! Pourquoi n'aurais-je pas le droit d'être brune moi aussi !

Deux jours plus tard Rasoa revint avec son butin : trois perruques identiques aux cheveux noirs et raides avec une coupe à la Cléopâtre.

C'était presque l'heure du déjeuner. Elisabeth et Gabrielle allèrent dans leur salle de bain les mettre tandis que leur mère arrangeait la sienne installée devant sa coiffeuse.

Elles se retrouvèrent, hilares, autour de la table de la salle à manger. Les perruques les changeaient considérablement. Elisabeth surtout était ravie du résultat et il est vrai que la coupe lui allait bien. Rasoa, habituellement dans l'office à l'heure des repas, était entrée dans la pièce et, à la vue de la joie de sa petite chérie, battait des mains. Gonflée d'importance, elle se félicitait d'être à l'origine de tout ce bonheur.

La cuisinière servit l'entrée : des asperges. Gabrielle, d'un geste discret et élégant se gratta une ou deux fois la tête de l'index.

Puis la cuisinière servit le plat de résistance : du poulet au coco. Cette fois ce fut le tour d'Elisabeth de sentir des démangeaisons persistantes. Elle soupira :

- Ces perruques sont très jolies mais il faut que le cuir chevelu s'y habitue !

Marie-Charlotte Hahn

- Oui, maugréa sa sœur en plantant cette fois trois doigts dans la perruque et en se grattant d'un geste nettement moins élégant que précédemment.

Leur mère ne disait rien mais fronçait les sourcils en dodelinant de la tête.

La cuisinière revint avec le dessert : une mousse au chocolat qui semblait fort appétissante.

Gabrielle allait porter à sa bouche la première bouchée quand elle reposa sa petite cuillère et des deux mains cette fois se mit à se gratter la tête suivie immédiatement par Elisabeth puis par leur mère.

Elles ne purent tenir plus longtemps, se levèrent de table ensemble et du même geste se débarrassèrent de leur perruque.

Rasoa avait déjà compris et fulminait à voix haute au milieu des cris d'épouvante des filles qui postées près de la fenêtre découvraient la cause de leurs démangeaisons :

- Quel voleur, ce vendeur ! Des cheveux infestés de poux ! Voilà pourquoi il les vendait à un si bon prix !

Les couturières

En décembre de cette année-là, deux jeunes femmes malgaches se présentèrent au lycée français de Tananarive. Habillées de manière quelque peu voyante, parlant mal le français, elles se rendirent d'abord à l'accueil qui les dirigea vers l'intendance lorsqu'elles dirent qu'elles étaient couturières.

L'intendance, à cette époque, était dirigée par l'épouse du proviseur, une femme gentille et quelque peu naïve qui préférait toujours voir le côté positif des gens.

Le genre un peu spécial des deux couturières ne l'alarma pas. Ces dernières souhaitaient voir, répétaient-elles en boucle, M'sieur P'tit Jo.

Monsieur P'tit Jo était Joël Fournier, surnommé P'tit Jo à cause de sa taille. C'était le professeur de philosophie nouvellement nommé au LFT depuis la rentrée de septembre. Petit ne suffisait pourtant pas à le dépeindre ; en fait il était rond, aussi large que haut et, si on l'avait poussé, nul doute qu'il aurait roulé comme un ballon sur les rues en pente de la ville.

Ses cours étaient brillants et ses élèves l'aimaient beaucoup. Ses collègues également car il était toujours prêt à rire d'un bon mot et prêt à rendre service. Il était souriant, agréable et un gentil sourire éclairait sa physionomie rendue comique par le port d'une barbiche à la Escartefigues dans les films de Pagnol.

Très vite pourtant on supposa qu'il était rongé par des soucis car il mangeait et surtout buvait plus que de raison. Il riait et affirmait à qui voulait l'entendre qu'il était un hédoniste. Il oubliait ou plutôt faisait mine d'oublier que l'hédonisme est fondé sur la recherche du plaisir mais insiste également sur la nécessité d'avoir un corps en bonne santé. L'hédonisme sans mesure tel que le pratiquait P'tit Jo n'était plus rien qu'une manière de se détruire. Quelques paroles arrachées par des confrères au cours de beuveries confirmèrent que P'tit Jo avait des soucis familiaux et financiers. Au LFT également des bruits circulaient sur sa santé car, bien évidemment, lorsqu'il avait vraiment dépassé sa dose de whisky, il était incapable le matin d'assurer ses cours.

L'épouse du proviseur fut surprise que des couturières viennent au lycée le demander : « C'est une affaire privée, il faut aller le voir chez lui, vous ne pouvez pas le déranger en plein cours». Mais les deux filles n'en démordaient pas ; il leur fallait voir M'sieur P'tit Jo.

- Mais pourquoi ?

- Il doit donner des sous, répétèrent les filles en prononçant le s à la malgache « Chou ».

L'intendante ne parlait pas malgache, en ignorait même les rudiments mais avait souvent acheté du soga, c'est-à-dire du tissu de coton écru, pour son ameublement. C'était même l'un des seuls mots malgaches qu'elle connaissait avec « Veloma » et « Tsy maninona ». Trompée par la profession des jeunes femmes, son oreille vazaha entendit donc « *choug* ».

- Pour le *choug*, revenez à la fin des cours, mesdemoiselles !

Mais les demoiselles se mirent à crier des choses incompréhensibles et l'une d'elles paraissait particulièrement en colère. L'intendante regarda sa montre et soupira :

- Bon, il y a un intercours dans 5 minutes. Je vais le faire appeler et réglez vite vos histoires de *choug* !

Elle appela un surveillant :

- Dites à Monsieur Fournier de venir à l'intendance pendant l'intercours. Ses couturières veulent le voir pour une histoire de tissu !

P'tit Jo ne tarda pas à apparaitre son doux sourire aux lèvres et sa barbiche en avant.

- Bonjour Madame, dit-il aimablement à l'intendante qui était sur le pas de la porte tandis que les jeunes femmes étaient restées dans le bureau. Vous voulez me voir pour les rideaux de ma salle, me dit le surveillant...

- Non, non, Monsieur Fournier, ce sont vos couturières qui réclament du *choug* ! et elle s'effaça dévoilant les visiteuses.

P'tit Jo ouvrit des yeux grands comme des soucoupes, recula au risque de tomber et de rouler dans la cour puis, reprenant ses esprits, parvint à sourire et fit signe aux deux couturières de le suivre :

- Venez, mesdemoiselles, nous n'allons pas ennuyer Madame avec nos histoires.

Et ils s'éloignèrent à bonne distance de l'intendance.

Cependant l'intercours était terminé et le lycée était à nouveau silencieux. La femme du proviseur, par sa fenêtre regardait l'entrevue entre le professeur de philosophie et les couturières. C'était étrange : les trois gesticulaient ...pas de doute, ils se disputaient. Elle entrouvrit la porte et cette fois des éclats de voix lui parvinrent nettement ; elle vit une des filles tirer la barbichette de P'tit Jo tandis que l'autre essayait de le gifler.

Elle se mit à courir et entendit le professeur de philosophie qui criait :

- Non et non, je ne vous paierai pas, vous n'avez rien fait. On ne paie pas les gens quand le travail n'est pas fait !

Dans son âme d'intendante, l'intendante était parfaitement en accord avec ce principe et s'apprêtait à appeler du renfort pour soustraire P'tit Jo à la vindicte des deux furies.

C'est alors qu'elle entendit les deux couturières qui répliquaient :

- Comment, rien fait ? Moi j'ai enlevé ta culotte !

- Et moi, et moi, j'ai fait, tu sais bien ce que j'ai fait et que tu aimes beaucoup car tu cries « encore, encore ». Si tu donnes pas les sous, on va voir ton patron et nous, expliquer tout !

Alors le rideau de *choug* qui obstruait la vue de l'intendante se déchira et elle comprit tout...

L'horoscope

Il arrive que la réalité soit conforme aux clichés. C'est ce qui arrivait à Nirina. Il aimait passionnément Juliette, son épouse, mais détestait sa belle-mère. Cela avait été immédiat et réciproque.

Il se souvenait du jour où Juliette la lui avait présentée : « Voici Eliane, ma mère » Elle lui avait fait comprendre par un simple sourire condescendant qu'elle le considérait comme un minable petit journaliste. Elle n'avait pas osé faire de remarques racistes mais néanmoins, elle avait une manière blessante de dire à tout propos : « Chez nous, les vazaha, nous ne faisons pas les choses ainsi... puis elle ajoutait perfidement « Bien entendu cela ne veut pas dire que nous ayons raison, cependant... »

Cependant Nirina aurait bien aimé qu'elle vive en France toute l'année, loin d'eux. Hélas le père de Juliette était décédé voilà plusieurs années et Eliane, retraitée, avait fait le choix de vivre à Tananarive six mois par an de manière à profiter de sa fille unique. La moitié de l'année de Nirina était donc gâchée par sa belle-mère. Celle-ci rendait visite à sa fille régulièrement. Il est vrai que souvent ces visites avaient lieu en l'absence de Nirina, mais le peu qu'il la voyait était déjà de trop.

Pourtant, au fil des années, le petit journaliste qu'il était avait gravi les échelons à vive allure dans sa profession. Il était à présent directeur-adjoint du deuxième quotidien de l'île.

Rien ne semblait, néanmoins, arranger les rapports entre Nirina et Eliane, pas même lorsque Juliette donna naissance à un adorable bébé, prénommé Éric. Eliane gardait avec plaisir son petit-fils, le gâtait, le trouvait magnifique mais n'avait pas l'air de considérer que son gendre était pour quelque chose dans la merveille que sa fille avait mise au monde.

Évidemment, Juliette tentait de détendre l'atmosphère, passait son temps à dire à son mari « Mais non, ma mère n'a pas voulu dire ceci.... » et à sa mère « Mais, je t'assure, Nirina est un homme merveilleux... ».

Un samedi, Eliane avait proposé de garder Eric. Nirina passa chercher son fils en fin d'après-midi. La femme de ménage le fit entrer dans le salon. Le bébé jouait dans son parc et Eliane était assise devant la grande table de salle à manger recouverte de photos.

Le gendre et la belle-mère se saluèrent puis Nirina demanda poliment :

- Vous classez vos photos ?

- Non, non, je cherchais une photo et je viens de la retrouver ! Regardez, c'est un cliché de Juliette lorsqu'elle était enfant. Éric est vraiment la copie conforme de sa maman. Des yeux verts, une peau couleur de lait. Vous ne pouvez pas dire le contraire ! Un vrai clone !

Le mot fut de trop.

Nirina fut d'autant plus furieux qu'il manqua de répartie, se contenta de récupérer son fils et de rentrer chez lui.

Tout le long du trajet, et même une fois chez lui, il ne cessa d'égrener les réponses qu'il aurait dû faire à sa belle-mère. Au lieu de cela il était resté muet, et il s'en voulait autant qu'il en voulait à Eliane. Plus les heures passaient, plus il considérait que sa remarque était volontairement blessante et insultante. À vrai dire, elle était la goutte d'eau tombée dans un vase rempli de tout un tas de sous-entendus désagréables amassés pendant des années.

Tandis qu'il ressassait ses griefs, Juliette jouait avec Éric :

- Mais oui, tu es le plus merveilleux enfant du monde, mais oui ! Et qui va retourner chez sa mamie demain ?

Nirina ouvrit la bouche pour dire qu'il n'en était pas question, que la nénène garderait Éric, mais Juliette le devança en éclatant de rire :

- Maman est scotché à ton journal le samedi, tu le sais ?

- Pourquoi le samedi ?

- À cause de l'horoscope : voilà déjà 3 ou 4 fois que les prédictions concernant les scorpions se réalisent. Et tu sais combien maman est férue d'astrologie. Cette fois-ci, il était annoncé qu'elle verrait plus souvent qu'à l'accoutumée un être cher ! Et demain ce sera la troisième fois dans la semaine que nous lui confions Éric. Il est vrai que c'est très inhabituel. Donc tous les samedis elle achète Tana-soir et lit attentivement son horoscope !

Une idée machiavélique commençait à germer dans le cerveau de Nirina. Il admit qu'Eliane, en effet, leur rendait bien service, en cette période où ils avaient l'un et l'autre de multiples rendez-vous professionnels.

Lorsqu'il se mit au lit ce soir-là, il tarda à s'endormir, laissant pousser l'idée qui avait germé quelques heures auparavant.

Le lendemain, dès qu'il arriva au journal il appela Solo. C'était lui qui était en charge de l'horoscope. Solo croyait dur comme fer à ce qu'il écrivait, consultait les étoiles, faisait de savants calculs astrologiques. Il faudrait le convaincre.

- Solo, j'ai un service à te demander...

- Oui, dis toujours !

- Me confierais-tu pour deux ou trois mois, l'horoscope des scorpions ?

- Des scorpions ? Qui s'en occuperait et pourquoi les scorpions ?

- C'est un ami à La Réunion. Il parait qu'il est spécialiste de ce signe astrologique.

- Ça n'existe pas ! Je ne connais pas d'astrologue spécialiste d'un signe ! Tu veux tester quelqu'un d'autre puis m'enlever la rubrique ?

Nirina passa près d'une heure à rassurer Solo. Ce dernier finit par rendre les armes après que Nirina lui ait promis de lui confier une nouvelle rubrique Jeux à laquelle il pensait depuis un moment et de l'augmenter.

Enfin Nirina était seul dans son bureau ; et il tenait sa vengeance ! Il prépara avec volupté la semaine à venir pour sa belle-mère :

Profession : c'est une semaine faste pour les scorpions ; votre patron vous appréciera particulièrement.

Famille : les natifs de ce signe et spécialement ceux du premier décan auront des jours difficiles devant eux. Ils devront se méfier de leur entourage familial. Refusez toute invitation à déjeuner qui déboucherait inévitablement sur un conflit.

Amour : ne restez pas chez vous ; célibataires, tournez le dos au passé, l'âme sœur vous attend au loin, quel que soit votre âge.

Santé : évitez absolument les chocolats et les œufs, votre foie ne le supporterait pas.

Il était enchanté, faisant d'une pierre, trois coups. Eliane étant à la retraite, il pouvait se permettre de promettre aux scorpions en activité des jours souriants. En revanche les autres prédictions l'amèneraient certainement à refuser l'invitation programmée du dimanche midi, à ne plus manger d'œufs ni de chocolat – mets qu'elle adorait – et peut-être à voyager loin et longtemps !

La semaine suivante, il fut plus précis :

Profession : un grand changement positif vous attend

Famille : méfiez-vous toujours d'un(e) parent(e) proche qui nourrit de mauvaises intentions à votre égard

Amour : l'âme sœur vous attend toujours.

Santé : attention un virus rôde et s'attaque aux natifs de ce signe ayant eu des problèmes cardiaques.

Voilà encore une semaine pendant laquelle Eliane ne s'inviterait pas chez eux. Il était très content de son « parent proche qui nourrit de mauvaises intentions à votre égard ». Et, de surcroit, c'était tout à fait vrai !

D'accord, il avait inventé le virus mais Eliane ayant réellement des problèmes cardiaques, il était assuré de lui faire passer une semaine exécrable pendant laquelle elle se méfierait de tout et de tout le monde.

Il put constater très vite que son horoscope fonctionnait encore mieux que prévu. La belle-mère ne venait plus chez eux. Juliette partie rendre visite à sa mère revint inquiète, ne comprenant pas pourquoi cette dernière maigrissait à vue d'œil et avait mauvaise mine.

La troisième semaine Nirina décida d'être encore plus précis. Il réfléchit au moyen de se débarrasser d'elle pour un long moment peut-être pour toujours...

Profession : cette semaine rien de nouveau dans ce domaine

Famille : les petites dissensions avec vos proches s'envoleront comme par magie

Amour : osez un grand voyage car l'amour vous attend dans les prochaines semaines en un lieu tout à fait inattendu.

Santé : Tous les marqueurs sont au beau fixe ; vous n'avez rien à craindre.

Il fallait bien la rassurer si Nirina voulait qu'elle parte. Une bonne santé était indispensable à un voyage. Malgré tout il fut surpris de constater à quel point Eliane se fiait à ses prédictions. Ayant appris la semaine suivante qu'un paquebot faisait escale à Tamatave, elle décida de s'offrir une belle croisière dans l'océan indien. Le voyage durerait 3 semaines. C'était toujours ça de gagné pour Nirina. Puis il sut par son épouse qu'Eliane avait décidé de faire une escale de 15 jours aux Seychelles. Décidemment la parenthèse se prolongeait. Quelle belle idée il avait eue de se charger de l'horoscope des scorpions !

Puis, quelques jours avant le retour programmé d'Eliane, Juliette débarqua à son bureau, échevelée, avec l'air de quelqu'un qui a rencontré un extra-terrestre au coin de la rue :

- Tu ne devineras jamais ! Je viens d'avoir Maman au téléphone ! Non, tu ne devineras jamais, jamais, ce qu'elle fait aux Seychelles....

- Dis-moi, dis-moi vite !

- Elle a rencontré un homme lors de sa croisière ; elle m'a dit que son horoscope l'avait prédit ! Tu peux y croire ? Le coup de foudre ! À son âge ! C'est ridicule ... Et ils filent le parfait amour aux Seychelles ! Incroyable !

- Mais ta mère a bien le droit de tomber amoureuse ! Il s'agit d'un Seychellois ? s'enquit Nirina, espérant de toutes ses forces qu'elle reste là-bas...

- Non, non, c'est un Italien, il s'appelle Enzo !

Un italien ! Il n'en espérait pas tant. Avec un peu de chance il emmènerait Eliane en Toscane ou dans les Pouilles et on ne la reverrait pas de si tôt !

- Ils envisagent même de vivre ensemble ! Non, mais tu te rends compte. Ils se connaissent à peine !

- Écoute, ils sont grands ! Ils n'ont pas de temps à perdre. Le plus triste bien sûr c'est que tu ne verras plus ta mère que rarement si elle part vivre en Italie...

- Non, non, ce n'est pas cela qui me préoccupe. Enzo vient de décrocher un poste de consultant pour le PNUD à Tana. Maman sera là toute l'année !

à Michel

Protection occulte

Maître P. se rend à son bureau comme chaque matin. Ce jour-là, il est maussade : en effet, depuis quelques semaines, aucune affaire passionnante ne lui a été proposée. Il n'y a que de vulgaires chapardages, des contestations entre héritiers ou encore des histoires de voisinage. Parfois des anecdotes drôles viennent se glisser dans ces conflits mineurs et agrémenter l'austérité de sa profession. Hélas, ce n'est pas le cas tous ces derniers temps.

Il accroche sa veste au porte manteau de son bureau, soupire puis demande à sa secrétaire de lui apporter le courrier.

Nirina arrive avec une pile de lettres. Maître P. les regarde rapidement sans les ouvrir. Il sait déjà ce qu'elles contiennent et marmonne à voix basse : « Tribunal de grande instance... Domaines... Banque... le notaire Maître Rakotomalala... encore la banque... encore les Domaines ». Il s'interrompt : au milieu de toutes ces lettres impersonnelles à enveloppes à fenêtres, une enveloppe blanche ornée d'un joli timbre se distingue, d'abord parce que son nom et son adresse sont manuscrits et ensuite parce que l'écriture est incroyablement belle. L'auteur a manifestement utilisé une plume sergent-major ce qui lui a permis de faire des pleins et des déliés. Les caractères calligraphiés sont d'une telle perfection que Maître P. y regarde à deux fois avant d'être certain qu'un ordinateur n'a pas été utilisé. Mais non, l'encre violette n'est pas de l'encre d'imprimante, c'est de la bonne vieille encre d'écolier du siècle dernier que, seuls les nonagénaires, les historiens ainsi que les avocats et les notaires familiers des documents anciens connaissent encore.

Intrigué par l'aspect inhabituel de l'enveloppe, il ne la déchire pas mais il l'ouvre délicatement à l'aide d'un coupe-papier qui n'avait plus servi depuis longtemps.

Il déplie la feuille blanche pliée en quatre. L'écriture et l'encre utilisées sont les mêmes que sur l'enveloppe mais l'aspect est encore plus impressionnant lorsque le texte est long.

Très Honoré Maître,

Votre glorieuse renommée étant parvenue jusqu'au fond de nos campagnes reculées, j'ai l'honneur de m'adresser à vous afin de vous prier d'accepter de me faire l'honneur d'être mon avocat.

En effet, je suis secrétaire trésorier de la commune rurale de B.... En raison de mes modestes compétences en matière comptable, il se pourrait que mes comptes ne soient pas parfaitement équilibrés. La venue prochaine d'inspecteurs d'État m'a été notifiée et j'appréhende les résultats de leurs vérifications.

Je ne doute pas que vous saurez me tirer de ce mauvais pas si le pire se produisait. Veuillez me faire connaitre le montant de vos honoraires pour assurer ma défense dans cette funeste hypothèse.

Dans l'attente de votre réponse et l'espoir que vous voudrez bien être mon avocat-défenseur, je vous prie de croire, cher Maître, en l'assurance de mes déférentes et respectueuses salutations.

I.R

Maître P. éclate de rire et se promet de conserver précieusement la missive. Il ne peut appeler autrement ce chef d'œuvre d'écriture, de syntaxe et d'ingénuité. Car il n'est pas dupe un instant : les « modestes compétences » du secrétaire-trésorier ne sont pas la cause du problème qui le mine. Il a évidemment pris quelques libertés avec les comptes de la commune et craint d'être découvert.

Bon, Maître P. veut bien être son avocat et tenter de minimiser le montant des amendes qu'il devra payer en fonction des « erreurs » commises.

Il appelle Nirina et lui dicte une réponse dans laquelle il dit accepter d'être l'avocat du secrétaire-trésorier, lui fixe le montant de ses honoraires et des frais de déplacement. Il termine en lui demandant de bien vouloir le prévenir de la date du passage des inspecteurs.

Peu de temps s'écoule quand une deuxième lettre arrive. Le secrétaire trésorier explique qu'il accepte le montant des honoraires mais ne pourra pas payer une telle somme en une fois ; aussi, il préfère anticiper et envoyer un mandat tous les mois, pour payer par tempérament les honoraires demandés.

Les mois passent, les mandats arrivent toujours régulièrement et Maître P. oublie presque l'existence de ce client.

Nirina note dans le dossier les sommes reçues qui passent inaperçues au milieu de tant d'affaires traitées.

Pendant plus de 3 ans, les mandats continuent à être versés ponctuellement chaque mois. Mais un jour arrive à nouveau une superbe enveloppe, avec la magnifique écriture désormais familière à Maître P.

Très honoré Maître,

Votre glorieuse réputation n'est pas usurpée et vous êtes vraiment, ainsi cela me fût assuré à maintes reprises, le meilleur avocat de Madagascar.

Deux inspecteurs vinrent, voilà deux semaines. Ils passèrent de nombreuses heures à consulter mes registres et à refaire les opérations. Mais grâce à votre immense talent et votre protection incomparable ainsi qu'à votre défense sans faille, ils ne découvrirent aucune anomalie dans mes écritures. Ils validèrent donc mes comptes et repartirent après avoir rédigé un rapport favorable.

Très honoré Maître, je tiens à vous réitérer mes plus vifs remerciements, et je vous prie de croire en l'assurance de mes déférentes et respectueuses salutations.

I.R.

PS : *Vous conviendrez avec moi qu'il est désormais non avenu que je continue à vous adresser chaque mois des mandats.*

Bien évidemment Maître P. n'était pour rien dans l'heureuse conclusion de cette affaire. Il se demanda sous quelle forme le secrétaire-trésorier pensait qu'il avait exercé sa protection ; manifestement, ce dernier le croyait doté de puissants pouvoirs occultes.

Il conta l'histoire à son épouse :

- Imagines-tu que chaque mois depuis trois ans il m'envoie de l'argent car il est persuadé que je le protège !

- Le plus drôle tout de même, répliqua sa femme, c'est l'origine de l'argent !

Ce fut à ce moment-là que l'avocat réalisa, à moitié gêné et à moitié hilare, la provenance inavouable des mandats qui lui avaient été adressés par le secrétaire trésorier.

à Claudie qui nous a quittés

Les enjoliveurs

Damien aime les voitures. Il vient d'acheter une Alfa Romeo Guilia superbe qu'il bichonne amoureusement chaque matin surveillant qu'aucune rayure ne soit venue déparer la peinture rouge qui met en valeur sa ligne parfaite.

La nuit la voiture dort dans le grand garage de sa villa d'Ambatobe mais la journée il la gare devant son cabinet au centre-ville, car il est dentiste.

Il a recours aux services d'un petit gardien pour la surveiller et lui-même, entre deux patients, va régulièrement à sa fenêtre s'assurer que sa merveille est toujours là.

Un soir, Damien et son épouse sont invités chez des amis. Il y a déjà beaucoup de monde lorsqu'ils arrivent et l'Alfa Romeo ne peut être parquée dans le jardin. Ils la laissent donc dans le chemin, persuadés que le gardien veillera sur elle. Hélas, lorsque la soirée est terminée, ils se dirigent vers la voiture et constatent avec colère que deux des enjoliveurs chromés ont été volés.

Pas facile de retrouver les mêmes enjoliveurs : il va falloir les commander et attendre des mois qu'ils soient livrés, sans parler de leur coût.

Alors Damien a une idée : il connait tous les gamins qui traînent dans le quartier où se trouve son cabinet. Il les appelle, leur montre les deux enjoliveurs qui restent et promet un cadeau important à ceux qui les retrouveront. Il assure qu'il ne cherchera pas à remonter jusqu'au voleur, qu'il n'y aura pas d'enquête. Il répète qu'il les rachètera à condition que le prix soit correct et promet même une récompense à celui qui les aura retrouvés. Car il y a un marché aux voleurs à Tananarive, plus exactement à Isotry et on y retrouve fréquemment des objets « disparus ».

Deux jours passent. Damien va de plus en plus fréquemment à sa fenêtre vérifier que personne n'a abimé l'Alfa Romeo en se garant trop près. Chaque fois qu'il la regarde il fulmine car de l'endroit où il se trouve il ne voit que les roues avant et arrière gauches du véhicule ; celles qui ont été délestées de leurs enjoliveurs...

En fin d'après-midi de la deuxième journée, on sonne. La secrétaire vient avertir Damien qu'un certain Nantenaina veut lui parler concernant les « jolis verres ». Il comprend tout de suite de quoi il est question, se précipite dans la salle d'attente où se tient debout un homme, pieds nus, vêtu d'habits élimés. Daniel ne voit qu'une chose : il a dans chaque main un enjoliveur, sans nul doute ses enjoliveurs, magnifiques, le chrome aussi brillant que le jour où il acheta la voiture.

Il discute un peu le prix par habitude du pays car il ne faut pas que le vendeur (ou voleur ou receleur ou ami du receleur) pense avoir fait une mauvaise affaire, qu'il se dise qu'il aurait dû demander le double. Puis il ajoute, comme promis, un « cadeau ».

Le dernier patient de la journée est expédié rapidement car Damien a hâte de retrouver son Alfa Romeo et d'y remettre les enjoliveurs.

Il ferme le cabinet, dévale allègrement les deux étages du petit immeuble. Il est ravi même s'il a dû débourser un peu d'argent pour récupérer son bien. Il sait qu'il a eu de la chance : les enjoliveurs auraient pu partir dans une autre ville ou être revendus le jour même : les Alfa Romeo Giulia ne sont pas légion à Madagascar, toutefois il n'est pas le seul à en posséder.

Le voilà devant sa belle voiture ! Il ne perd pas une minute, s'accroupit devant chaque roue et clippe les enjoliveurs. Il recule de deux pas pour admirer l'Alfa Romeo ayant enfin retrouvé son intégrité.

Il sort un mouchoir en papier de sa poche et essuie une trace suspecte sur la portière avant puis il fait le tour du véhicule afin de pénétrer dans l'habitacle et de prendre le volant. C'est alors qu'il découvre l'impensable : côté trottoir, côté qu'il ne pouvait voir de sa fenêtre les deux enjoliveurs n'y sont plus...

Bien sûr, ce sont ceux-là qu'il vient de racheter !

Le tableau

En ce jour de novembre, Véronique est coincée dans les embouteillages autour du lac Anosy. Elle ne s'impatiente pas, exceptionnellement. Elle admire les jacarandas dont le mauve a pris toute sa force au moment où le soleil a été masqué par un gros nuage. Pourtant, elle devrait être blasée, depuis toutes ces années qu'elle les voit fleurir à la même période.

Elle se rend à Isoraka, gare sa voiture. C'est à ce moment-là qu'une affiche placardée sur le portail d'entrée d'une maison lui saute aux yeux : « Exposition des œuvres du peintre D.R ». Au-dessus du portail, une enseigne neuve indique que la maison en question est devenue une galerie d'art, la Galerie du Capricorne.

Véronique a toujours été sensible aux peintures de D.R. Elle n'est pas la seule et la côte du peintre a explosé en même temps que les prix de ses œuvres. N'importe, c'est toujours un plaisir d'admirer la beauté.

Elle entre dans la galerie et passe d'un tableau à l'autre. Ce qui la touche surtout chez D.R, ce sont les couleurs qui jaillissent de ses toiles et leur donnent un relief saisissant.

Véronique s'immobilise soudain : elle a devant les yeux un dégradé de mauves s'étalant sur un ciel gris pâle, presque blanc. L'arbre et le ciel se mêlent et pourtant le jacaranda sort de la toile et secoue ses pétales sur l'herbe. Le tableau vit : il semble que le ciel s'assombrit et que le vent souffle sur l'arbre. Véronique est séduite. Elle repense aux jacarandas qu'elle admirait dans l'embouteillage il y a à peine quelques minutes, voit dans la toile de D.R. une coïncidence, une rencontre, un message. Le peintre a intitulé son tableau « Le jacaranda solitaire »

Elle s'enquiert du prix, réfléchit quelques minutes puis se décide : elle gardera pour toujours, imprimée sur la toile et sur sa rétine la subtile teinte des jacarandas lorsque le ciel s'assombrit.

Où va-t-elle accrocher ce tableau ? Dans sa chambre, décide-t-elle. Sur le mur, au-dessus de son petit secrétaire.

Parvenue chez elle, Véronique pose la toile sur le manteau de la cheminée et réfléchit à l'encadrement qui mettra en valeur Le jacaranda solitaire : quelque chose de simple, une baguette couleur chêne clair, assez large car le peintre, justement en prévision de l'encadrement a laissé une marge blanche tout autour de sa peinture. Elle appelle immédiatement Solo.

Solo est un menuisier exceptionnel. Il sait tout faire : remplacer une latte de parquet abimé, poser une poutre, vernir une table, restaurer une sculpture abîmée.

De plus Solo et Véronique se connaissent depuis des années et s'apprécient mutuellement. Solo admire cette vazaha qui dirige de main de maître une entreprise de fabrication et d'exportation d'huiles essentielles tandis que Véronique est impressionnée par l'habileté et le savoir-faire du Malgache.

Aussi, dès que Véronique lui demande d'exécuter une tâche, abandonne-t-il tous ses autres clients pour la satisfaire en priorité.

- Un cadre ? Un cadre en bois clair d'environ 70 cm sur 50 ? Un jeu d'enfant ! Mais oui, Madame, ce sera vite fait ! Je prends le tableau et vous le rapporte mercredi.

Véronique se sent un peu orpheline ; elle n'a pas eu le temps de profiter de son acquisition. Pas grave ! Solo revient après-demain...

Pendant ce temps, l'habile artisan s'est mis au travail : il a choisi les dernières baguettes en palissandre clair qui lui restent et, muni de son rabot, il les lisse, les arrondit ainsi que Madame Véronique les veut. Personnellement il aurait vu un encadrement sculpté mais les vazaha ont des goûts bien éloignés des siens. Il hausse les épaules avec philosophie : ce qui importe, c'est que Madame Véronique soit satisfaite. Il parachève son travail avec du papier de verre.

Enfin, il assemble habilement les quatre montants du cadre à l'aide de petits clous et de colle. Les baguettes s'emboitent à la perfection. Il laisse la colle sécher pendant quelques heures puis présente l'encadrement devant la toile. Il s'aperçoit vite que quelque chose cloche : il s'est trompé dans ses mesures. La largeur est parfaite mais la hauteur pose problème. Il subsiste dans le haut de la toile une marge de deux centimètres environ où l'on voit la toile écrue, brute. Solo s'apprête à refaire ce cadre dont il était si satisfait. Puis lui vient une idée qui le ravit et va ravir madame Véronique...

Dans son petit atelier, au fond, plusieurs pots de peinture sont entreposés : ils appartiennent à son fils cadet qui est peintre en bâtiment. Solo s'empare d'"un pot blanc. Il va chercher un pinceau. Le seul qu'il trouve mesure trois centimètres de large. Qu'importe ! Il recouvre donc avec de la peinture blanche une bande de cette largeur-là masquant la toile vierge et débordant largement sur le ciel de D.R. Il s'applique, tirant la langue, fier de lui. Le gris du ciel du peintre qui meurt sur sa « finition » blanche et laquée ne le choque absolument pas. Ce qui l'ennuie, c'est que la cime du jacaranda semble étêtée par un coup de sabre. Il retourne donc jeter un coup d'œil sur les pots de peinture de son fils, en trouve un rose, a l'idée de mélanger avec du bleu puis de rajouter un peu de rouge : il obtient un mauve absolument incroyable, d'une luminosité et d'une brillance qu'il trouve magnifiques et tellement plus proches de la réalité que la couleur fade utilisée par le peintre.

Il termine donc le sommet de l'arbre et se permet d'ajouter quelques petites touches de sa couleur si réussie çà et là sur les ternes pétales de l'artiste.

Il recule de trois pas, heureux du résultat, si heureux qu'il se demande s'il n'avait pas une vocation d'artiste à la base.

Il imagine la satisfaction de Madame Véronique et, dès que le tableau est sec, il court le lui apporter.

Il en était sûr, cette dernière est enchantée, il le voit bien : ses yeux s'écarquillent de ravissement, elle est muette de joie, ouvre et referme la bouche comme un poisson hors de l'eau !

Table des matières